KB141356

한국 호러영화 속의 아파트 기행

도시서사총서01

한국 호러영화 속의 아파트 기행

문학이후연구소 엮음

경진
출판

들어가는 말

　수많은 사람들이 아파트에 거주하는 만큼, 아파트는 다양한 이야기의 서식지가 되었다. 도시 서사에 대한 탐구 작업 속에서 우리가 아파트에 주목하게 된 이유도 여기에 있다. 건축가들이 아파트를 건설하는 동안에, 소설과 영화, 도시 괴담들을 통해 사람들은 그 수직적인 건축물에 어울리는 이야기들을 만들어냈다. 그 이야기들을 수집해보면, 현대 세계에 대해서 더 깊이 이해할 수 있게 되지 않을까 싶었다. 그런 생각으로 아파트를 배경으로 한 이야기들을 수집했다.

　그러다가 우리의 호러영화들이 아파트 공간을 그려내고, 현대의 도시 여행자들이 그러한 서사를 소비하는 방식에 주목하게 되었다. 무서운 이야기에 빠져드는 것과 마찬가지로 그들은 그러한 이야기들의 촬영지들을 찾아다녔다. 이미 폐기되어 사라졌거나, 빠르게 쇠락하면서 재건축의 날들을 기다리는 아파트들, 또는 무의미하게 지나치기 마련인 평범한 장소들이, 호러 서사들—이런 의미에서 우리는 그 용어를 엄밀하게 한정짓지 않고, 온갖 불쾌감, 공포, 두려움, 긴장감 따위를 유발하는 영화들을 아우르고 있다—의 촬영지라는 이유로 생생한 탐방의 대상으로 화하고, 마찬가지로 각자의 상상력들을 통해 또 다른 이야기들을 빚어내는 현상이야말로, '문학 이후' 현대서사의 특징이 아닐까 싶다.

이 책은 그러한 작업을 통해 얻어낸 작은 성과들의 기록이다. 몇 년간에 걸쳐서 전지구적으로 진행 중인 코로나 바이러스 대유행의 시대에 있어서 눈 앞의 무미건조한 콘크리트 덩어리가 생동하는 이야기가 살아 숨쉬는 장소로 변할 수 있음을 보여주고 싶었다. 공포가 극대화되는 장소는 침대 아래, 가장 두렵고 무서운 순간은 문손잡이를 쥐고 집안으로 들어서려는 때다. 당연히 공포감은 자신이 살아가는 일상의 공간인 아파트에서 극대화된다. 우리의 호러영화 속에서 사람들은 아파트 안에 고립된 채 절망스럽게 또 다른 삶을 소망하고, 소통을 갈망하며, 자기 영역을 지키려고 하면서 동시에 어떻게 더불어 살아갈 수 있는가를 묻고 있다. 지도를 펼치면 도시 전체에 퍼져 있는 아파트들의 네모난 블록들이 무미건조하게 드러날 것이다. 우리의 호러영화들이 그러한 공간들에 어떻게 스며들고, 어떤 이야기들을 빚어냈는지 살펴보는 기회가 될 수 있기를 소망해본다.

문학이후연구소가 추구하는 바는 가능한 많은 도시서사들을 수집하고, 현대의 기술들을 통해 그것들을 능동적으로 향유하는 방식을 탐구하는 작업이라 할 수 있다. 한국연구재단의 연구소 지원이 없었다면, 불가능했을 꿈들이 아닐까 싶다. 모든 여행자들이 그러하듯이 우리의 여행도 자주 길을 잃는다. 그 순간마다 삶이 그렇듯이, 연구 활동도 다만 혼자서 등불을 켜고 어두운 길을 걸어가는 일일 수 없음을 깨닫게 된다. 오랜 인연 탓에 차마 손을 놓지 못한 채 섬세한 손길로 책들을 만들어주시는 양정섭 대표님께도 이 자리를 빌어서 감사의 마음을 남기고 싶다. 무수한 창문들로 빛나는 타자들, 다른 공간들과 사람들의 이야기가 없다면, 삶은 실로 거대한 결핍일지도 모른다.

2022년 5월

손 종 업(문학평론가)

차례

들어가는 말 ___ 4

제1부 호러영화 속의 아파트 역사

그 무서운 데를 왜 가느냐 ___ 13
: 호러영화 속에 그려진 아파트를 찾아서 ___ 손종업
1. 호러 서사와 호러 여행자들 ································· 13
2. 아파트에 관한 '진심, 소오름'의 역사들 ················· 16
3. 호러는 어떻게 아파트의 빈틈으로 스미는가 ············· 20
4. 삶의 환유: 너희가 아파트에 사느냐 ···················· 23
5. 결론을 대신하여: 지금, 우리 아파트는 ················· 25

아파트가 등장하는 공포영화 목록 ___ 28

제2부 아파트를 배경으로 한 영화 분석

시민을 고려하지 않는 시민아파트의 공포 ___ 37
: 〈소름〉과 금화시민아파트 ___ 엄학준
1. 시민아파트의 탄생과 몰락 ····························· 37

2. 하층민의 열악함을 상징하는 금화시민아파트 ·············· 42

3. 하층민을 끌어당기는 통발, 아파트 ······················· 47

4. 금화시민아파트가 남긴 것 ······························· 51

영화 〈아파트〉에 나타나는 공포의 구조 __ 55
__ 모희준

1. 덕후, 아파트를 만나다 ································· 55

2. 영화 〈아파트〉와 공포의 구조 ······················· 60

3. 우리는 〈아파트〉를 나갈 수 있을까 ·················· 65

연쇄살인범과 함께 살아가기 __ 67
: 〈이웃사람〉과 만덕주공아파트 __ 김민수

1. 들어가며: 아파트라는 이름의 나라 ················· 67

2. 영화 속 아파트 공간과 실제 ························ 70

3. 계단 아래 숨겨진 살인의 집 ························ 74

4. 아파트 공간의 두 얼굴 ···························· 79

5. 나오며 ··· 82

아파트, 침입과 불안의 공간 __ 85
: 〈숨바꼭질〉과 동대문아파트 __ 심우일

1. 도시화의 공포 ···································· 85

2. 1960년대 연예인 아파트 ··························· 88

3. 중정 구조의 활용 ································· 90

4. 두 아파트 공간의 대비 ···························· 95

5. 아파트라는 현대인의 공포 ························· 101

1인 가구 여성의 불안한 밀실 __103

: 〈도어락〉과 대선월드피아 __ **임영봉**

1. 거주를 위한 '집'과 '문' ·· 103

2. 오피스텔, 불안한 꿈을 꾸는 개인의 밀실 ······························ 106

3. 도시, 보이지 않는 또 하나의 거대한 집 ······························ 111

4. 장소로부터 해방된 삶과 거주의 미래 ·································· 118

아파트 공간의 익명성과 윤리의 문제 __120

: 〈목격자〉와 파주휴먼시아 __ **이주성**

1. 아파트 공간에 투영된 익명성 ··· 120

2. 익명성으로는 보호받을 수 없는 개인의 생존 ····················· 124

3. 본연의 가치를 상실한 아파트와 거주민의 욕망 ···················· 131

좀비 서사와 아파트 __137

: 영화 〈#살아있다〉를 보고 __ **이정용**

1. 들어가며 ·· 137

2. 생존의 공간: 아파트란 이름의 성 ······································ 139

3. 아파트 공간의 의미: 공포의 전염과 안전에 대한 불신 ·········· 148

4. 마치며 ··· 154

제3부 호러영화 속에 나타난 아파트 답사

창신동과 동대문아파트 __ 심우일 __157

청운동의 변천과 청운시민아파트 __ 엄학준 __179

제4부 호러영화에 등장하는 아파트 지도

호러영화 속 전국 아파트 지도 ___ 203

호러영화 속 서울 아파트 지도 ___ 208

제 1 부

호러영화 속의 아파트 역사

그 무서운 데를 왜 가느냐

: 호러영화 속에 그려진 아파트를 찾아서

손종업(문학평론가)

1. 호러 서사와 호러 여행자들

영화 〈곡성〉(2016)이나 〈곤지암〉(2018) 같은 영화들에는 하나의 역설이 끼어든다. 특정한 장소를 배경으로 하는 호러 서사에 대한 지역의 반대 운동과는 달리, 영화가 상영된 이후에 여행자들이 몰려드는 현실이 그렇다. 여행자들은 아름다운 장소만을 선택하지 않는다. 특정한 서사에 '장소성placeness'이 담겨지면, 현대의 여행자들은 스스로 그 장소를 체험함으로써 또 하나의 이야기를 만들어내려 한다.

현대인들의 이러한 욕망을 '유튜버'들이 대신하기도 한다. 어떤 면에서 현대의 기자들이 사실 추적에 대한 본성이 거세된 체제 내부의 문장가들로 전락해 버린 반면에 '유튜버'들이 그 야성적인 유산의 일부를 물려받은 셈이다. 공론 장public sphere이 소멸되어 버린다는 점에서는 다를 바가 없지만.

낯선 이야기를 찾아 떠나는 소위 '호러 여행'의 역사는 이야기의 역사만큼이나 길다. 에드가 알란 포의 「어셔 가의 몰락」(1839)은 1928년에 장 엡스탱 감독에 의해 영화화된 이후에 무수한 변종들을 낳았다. 사람들은 상상 속의 '어셔 가'를 현실 속에서 확인하기를 욕망한다. 히치콕의 〈사이코〉(1960)라든가 스탠리 큐브릭의 〈샤이닝〉(1980)들이 그려 보여주는 장소들은 그 소름 끼치는uncanny 세계로의 초대장처럼 받아들여진다.

이런 맥락에서 보자면 〈X파일〉의 주인공 역을 맡았던 데이비드 듀코브니를 주인공으로 하고 꽃미남 브레드피트를 잔혹한 연쇄살인마로 둔갑시킨 〈칼리포니아〉(1995)는 영리한 영화라 할 수 있다. "자유분방하고 진보적인 작가 브라이언은 미국 역사상 가장 악명높았던 살인범들에 대한 책을 쓰고 싶어하는 작가다. 그는 동행할 사람을 구하는 데 하필이면 연쇄살인범이 나타난다."는 문장으로 요약되는 스토리라인은 그 자체로도 긴장감을 느끼게 하지만, 동시에 모든 호러 여행자들에 대한 메타−서사이기도 하다.

"그곳에 직접 가보고 싶다"는 욕망과 "그 무서운 데를 왜 가느냐"는 우려 사이에서 이야기는 언제나 전자로부터 기원한다. 도시괴담은 호러 여행자들에게 또다른 성소를 만들어내고 안타깝게도 어떤 여행자들은 그러한 여행지 위에서 도시괴담의 대상이 되기도 한다. 그런데도 포기하지 못한다. 2020년에는 한 유튜버가 원주에 있는 한 빈집에서 동영상을 찍다가 시신을 발견한 적이 있는데, 외려 그 장소는 이후에 많은 유튜버들에게 성소와 같은 장소로 여겨진다. 물론, 지역의 주민들에게는 골칫거리다. 현실이 이러할진대 상상 속의 여행이 어느 정도일까는 상상에 맡길 수밖에 없다.

"그 무서운 데를 왜 가느냐"라는 물음은 우리가 안전 공간 안에 있다는 믿음으로부터 온다. 그런데 누군가는 지금 당신의 삶은 안전한가라고 묻는다. 어떤 이들은 무의미만큼 무서운 것은 없지 않느냐고 반문하기도 한다. 호러의 출발점은 사람이고 그들이 거주하는 집이다. 초고령화에 따른 인구감소 때문에 마을들이 사라지는 일본의 현실을 다룬 어느 뉴스에서 오이타현 히타시 나카즈에무라 촌 미야하라 마을의 단 하나뿐인 주민 니시 야스코(87세) 씨와 기자 사이에는 상식과 실감 사이의 격차가 놀라웠다. "혼자 계시면 무섭거나 쓸쓸하지 않나요?"란 물음에 대해서 야스코씨는 "그런 거 없어요. 쓸쓸한 거야 아들이 한달에 한번 쯤 오니까 그게 즐거움이죠."라고 답하고, 기자가 재차 "무섭지도 않구요?"라고 묻자 "밤에 사람이 찾아오면 무서울 지도 모르지만요."라고 웃으며 답한다.

호러는 사람으로부터 오고, 사람이 사는 곳에서 온다. 다소 긴 우회를 거쳐서 왜 한국의 많은 호러들이 아파트를 배경으로 하고 있는가를 이해하게 된다. 그곳에 사람이 살고 있기 때문이다. 상상이 더 무서운가, 현실이 더 무서운가를 따지는 일도 무의미하다. 사람이 상상하고 살아가면서 짓고 만들어내는 게 호러이기 때문이다. 〈월하의 공동묘지〉(1967) 식의 전통적인 공포 서사로부터 김기영 식의 공포 건축이 시도되고, 봉준호의 〈기생충〉에서 한 획을 이루었다면, 아파트를 배경으로 하는 호러영화의 역사도 그렇게 납득될 수 있지 않을까?

2. 아파트에 관한 '진심, 소오름'의 역사들

때로 한국의 아파트 역사 자체는 공포 속에서 그려지곤 한다. 프랑스 연구자 발레리 줄레조의 저서 제목으로 사용되기도 한 '아파트 공화국'이란 칭호는 영광스러운 게 아니다. 아파트는 졸속적 근대와 호응하곤 했다. 예컨대, 김소진의 소설 속에서 아파트는 모든 기억들이 생동하는 골목집들을 집어삼키는 기갈 들린 괴물처럼 그려졌고, 이창동의 소설 「녹천에는 똥이 많다」 속 인물은 팽창하는 신도시에서 미로를 만난다.

이 나라의 수많은 시민들이 아파트에 거주하고 있으면서도, 아파트에서의 삶을 수긍하는 경우는 거의 찾아볼 수 없다. 그렇다고, 오로지 단기 차익만을 목표로 이토록 많은 아파트를 선호한다고 보기도 어렵다. 서구의 선진국가들—이것은 뿌리 깊은 담론이다—에 비해서 아파트에서의 삶이란 어딘가 획일적이어서 촌스럽게 여겨지고, 뭔가 결여된 주거방식이라는 자격지심에 시달리던 것은 아닐까?

실제로 아파트의 태생은 의심받을 만했다. 아파트 공화국은 개발독재의 산물이었다. 개성이 결여된 정형화된 틀 속에 구겨 넣어진다는 점에서 새로운 유형의 게토로 여겨졌다. 그런데 그러한 생각들은 혹시 솔직하지 않은 것은 아닐까? 호레조가 특별히 주목한 것이 프랑스의 아파트들이 "대단지 아파트=도시문제 발생 지역"으로 인식되는 데 반해 한국의 아파트들은 "성공 모델로 남을 것인가"라는 점이라면, 그러한 이중성을 모두 살펴야 하는 게 아닐까? 봉준호의 첫 영화 〈플란다스의 개〉(2000)에 나오는 지하공간에는 이미 아파트 공간의 욕망, 그 꿈과 악몽이 고스란히 담겨 있다. 경비원(변희봉)이 전하는 보일러 김씨의 전설과 외부 침입자인 노숙인의 존재가 아니라면, 다시 말해서 붕괴하거나 누군가 침범하지 않는다면, 아파트는 안전 공간이자 신분 상승을 노리는 중산층적인 욕망이 거주하기에 어울리는 공간이다.

국적 모더니티의 건축학적 산물이 아파트라면, 그것은 김진규를 주인공으로 한 두 편의 문제작인 유현목의 〈오발탄〉(1961)과 이만희의 〈마의 계단〉(1964) 등을 통해 '징후적으로' 나타난다. 이는 김기영의 영화에서는 〈하녀〉(1960)에서 〈화녀〉(1971)에 이르는 수직적 욕망의 표현으로 구체화된다. 아찔한 수직적 세계 경험의 사실주의적 기록이 1988년에 박광수 감독이 만든 영화 〈칠수와 만수〉라면, 호러영화로는 장윤현의 〈텔미썸딩〉(1999)과 정지우의 〈해피엔드〉(1999)로 귀결한다.

〈텔미썸딩〉에는 두 종류의 아파트가 등장한다. 희생자들이 납치되어 해부가 이루어지는 허름한 시민 아파트의 702호실과 범인을 추적하는 조형사(한석규 분)의 주거공간으로 나누어놓은 것이다. 안전함이 강조되는 후자가 보다 더 현실적인 감각에 속한다면 702호란 여러 모로 상상의 산물에 지나지 않는다. 요컨대, 납치-살해-유기의 행위가 이루어지기에는 영화 속의 여러 다른 공간들에 비해 아파트는 적합하지 않다. 그러나 영화가 나온 이후에 연쇄살인마 유영철은 공동 주거 공간인 오피스텔을 살인의 장소로 선택함으로써 우리를 경악하게 하지 않았던가.

상상과 현실 사이의 이러한 착란은 영화 〈해피엔드〉를 두고도 반복된다. 영화 〈해피엔드〉 속에서 아파트는 현대적 욕망이 배양되고 이에 대한 치밀한 복수극이 수행되는 장소로 그려지지만, 한국의 아파트가 지니는 특수성도 드러낸다. 영화 속에서 아파트는 주인공 부부의 주거공간인 종암sk아파트와 불륜의 상대인 김일범의 오피스텔인 서대문구 유진상가아파트를 배경으로 분화되어 있다.

이들을 통해 아파트의 이미지를 정리하자면, 소수의 상류층이 거주하는 고급 단독주택에는 미달하지만 전후의 일반적인 주거방식에 비해서는 편리하고 잘 관리되는 공간으로 받아들여지고 있음을 알 수 있다. 대체로 빈곤층을 위한 대규모 거주공간으로 건설된 서구의 아파트와 잘 교육받은 중산층의 주거공간으로서 출발한 한국의 아파트는 근본적인 차이를 지닌다. 공동주택은 프라이버시를 침해하고 범죄의 온상이 된다. 그러나 1970년대 강남개발계획과 이후의 신도시 사업을 통해 탄생하는 한국의 아파트들에 거주하는 시민들은 아파트를 통해 벤담 식의 공리주의적 공간인 '판옵티콘'을 실현하면서 이에 대한 자산가치의 계량화를 이뤄낸다.

당연히 아파트 거주자들에게는 선민의식도 가득했다. 아파트에 산다는 것은 중산층에 소속되었다는 표지와도 같았다. 모든 욕망들이 계량화되고 관리되는 세계란 의외로 편리하고 안전한 신세계였을 수도 있었다. 모든 부와 권력들이 아파트로 집중되었으니 건축학의 모든 테크놀로지와 미학이 수반되기도 했다.

〈해피엔드〉는 그러한 아파트의 내부에서 벌어질 수 있는 사건을 다루었다. 실제로 비슷한 사건으로 인한 유사한 비극들이 현실 속에서도 벌어지게 된다. 아파트가 감시 카메라로 무장한 경우에도 비슷한 사건이 일어날 수 있음을 〈의뢰인〉(2011) 같은 영화가 증명한다.

마찬가지로 아파트의 수직적 구조로 상징되는 인간의 탐욕과 오만이 초래한 재난 서사들도 등장한다. 외형적으로 화려해지고 잘 관리되는 듯한 아파트조차도 '와우아파트'의 운명에서 완전히 자유로워질 수는 없다. 높이 세워진 것들은 재난에 취약할 수밖에 없다. 할리우드 영화 〈타워링〉(1977)과 이에 대한 리메이크작이라 할 수 있는 김지훈 감독의 영화 〈타워〉(2012)는 수직적 건축물의 근본적인 결함에 대한 인간의 불안감에 기초하고 있다. 〈해운대〉(2009)에서와 마찬가지로 초고층 아파트로 채워지는 세계에 대한 경고 메시지를 담고 있는 것이다.

물론, '땅집'이라고 해서 이러한 여러 재난에서 더 자유로운 것은 아니다. 아파트에 대한 불안감이나 공포에도 불구하고 아파트에 대한 선호가 줄어들지도 않는다. 어쩌면 아파트에 대해 우리가 주목해야 하는 것은 전통적인 주거 공간으로서의 집 개념을 완전히 전복시켜 버렸다는 사실일지도 모른다. 효율적으로 관리되는 집 공간으로서의 아파트란 주거공간들도 현대의 상품들과 마찬가지로 일정 기간이 지나면 폐기되거나 리모델링되어야 하는 제품으로 여겨지게 만들었다.

영화 〈소름〉(2001)은 폐기되는 아파트의 호러 서사다. 실제로 영화의 촬영지였던 서대문구 금화시민아파트는 이제 철거되고 존재하지 않는다. 1969년에 건축된 아파트라는 점을 생각한다면 얼마나 짧은 수명을 지녔는가를 알 수 있다.

폐기를 앞두고 있는 아파트에 주인공이 찾아든다. 아파트와 마찬가지로 버려진 소수자들의 세계다. 그런 아파트 공간의 호러-서사를 기록하고자 하는 B급 소설가와 편의점에서 아르바이트하는 젊은 여인들은 모두 폐기되어야 할 존재들이다. 나중에 아파트는 자신을 배태한 자궁과 같은 존재, 모든 존재들을 유령화하는 하나의 실재로서 작동하는 것임을 알 수 있다. 공포 속에서 도망치려는 주인공 앞에 빗줄기 속에서 자장가를 불러주는 아파트 공간의 이미지는 어서 가의 몰락이 아파트 공화국에서는 어떻게 변형될 수 있는가를 보여준다.

그것이 순수한 상상의 산물인 만큼, 영화 〈소름〉 속의 아파트는 여러 호러-이미지들을 조합해서 빚어낸 이미지들이다. 도시의 변두리, 시신의 암매장이 이루어지는 황량한 들판 따위가 그렇다. 그러한 탓에 호러의 감정은 강렬하지만 현실 속으로 깊이 들어오지 않는다. 영화의 결말에서 주인공이 아파트로부터 도망치듯이, 우리들은 그런 아파트에 살지 않는다는 사실에 안도한다.

3. 호러는 어떻게 아파트의 빈틈으로 스미는가

영화 〈곡성〉(2016)의 세계에는 호러가 스며들 빈틈이 얼마든지 있다. 그리고 주인공에게는 가장 소중한 존재들에게 스며드는 '그것들'을 막아낼 힘이 없다. 숲 속의 외딴집, 어두운 창고, 산자락에 자리잡은 마을들, 미명의 푸른 어둠에 감싸인 첩첩한 산들과 강물, 정체를 알 수 없는 외지인과 무속은 하나다. 세계에는 너무도 많은 틈이 있고 믿음은 수시로 흔들린다. 생성하는 것들은 종교에 반한다.

이에 비하자면 아파트 공간은 그러한 외부로부터 훨씬 더 견고하게 사람들을 지켜준다. 스스로 문을 열어주거나 도어락의 번호를 들키기 전에는 외부의 것들이 틈입하기 어렵다. 이러한 단서가 위반될 때 가장 극심한 공포가 생겨난다. '무서운 것'이 이미 내부에 들어와 있을 때, 아파트의 안전함은 철저한 고립으로 화한다. 영화 〈비열한 거리〉(2006)에서 사채 빚을 받아내기 위해 남의 집 거실에서 팬티만 입은 채 뒹굴고 있는 조폭 병두(조인성 분)의 존재는 공포스럽다. 문을 안 열어줄 수도 없다. 아파트 광장에서 동네방네 떠들어댈 것이기 때문이다. 공포영화가 아닌데도 귀신을 보듯 이물스럽다.

아파트는 공간을 절약하는 만큼, 이야기도 최소화한다. 가족들도 핵가족화되어 있다. 아파트는 전통적 대가족제도를 붕괴시킨다. 핵가족화는 아파트의 산물이라 할 수 있다. 대가족이 머물 수 없는 공간이면서 대가족에 의존하지 않고도 살아갈 수 있게 해주는 공간이 바로 아파트이기 때문이다. 아파트에는 대대로 이어지는 집안의 추억 따위가 존재할 수 없다. 한국적 자본주의 내에서 그러한 추억의 수집가들은 이미 사라진 지 오래다.

일인가정의 증가는 아파트 공간을 변화시킬 것이다. 예컨대, 〈도어락〉(2018)이 여성 일인가정의 호러 판타지에 속한다면, 미래의 아파트는 이러한 불안감을 최대한 보완하고 관리하려는 방향으로 나아갈 것이고, 이러한 수정 보완을 통해 일인가정의 증가는 더욱 가속화하게 될 것으로 보인다.

사실, 아파트는 호러가 생성하기에는 적절하지 않은 공간이라 할 수 있다. 잉여된 공간들인 다락이나 지하실이 존재하지 않는다. 외부의 위험요소들이 틈입할 여지도 거의 없다. 그럼에도 불구하고 호러의 역사 속에서 아파트 공간이 주요한 배경으로 떠올랐다면, 그 이유는 다만 거기에서 수많은 사람들이 살아가고 있다는 이유 때문이라고 할 수 있다. 그들이 이야기의 생산자이자 소비자이기에 아파트는 호러의 대상이 된다.

견고한 안전장치로 여겨지는 현관문이 외부인의 침입을 막아내지 못할 때, 아파트는 공포의 장소로 변한다. 〈누가 용의 발톱을 보았는가〉(1991)에서 여주인공은 어둠 속에서 누군가가 손쉽게 잠금장치를 해제하는 것을 보는데, 바로 그 순간에 '독안에 든 쥐'로 전락한다. 〈건축무한육면각체의 비밀〉(1999)에서 독서회의 멤버 중 하나는 그렇게 침입한 누군가에 의해 추락사를 당한다. 〈물고기자리〉(2000)나 〈가시〉(2014)에서 스토커는 침실까지 몰래 스며든다.

한편, 아파트 거주민들을 가장 고통스럽게 하는 것이 '층간소음'인 것과 마찬가지로, 아파트를 배경으로 한 호러영화의 상당수는 '층간

소음'과 그것을 유발하는 이웃들의 존재에서 온다. 아파트의 공간은 문에 의해 분할되는 안과 바깥, 그리고 경계공간인 베란다로 나뉜다. '층간'은 벽을 타고 오거나 천장이나 바닥에 잠복한다. 문 바깥에는 복도와 엘리베이터, 비상계단을 통해 광장이나 옥상, 지하주차장 등으로 이어지고, 경비실과 놀이터, 상가건물 등이 이어진다. 이 모든 공간들은 철저히 관리되는 공간이면서 동시에 공포를 유발하는 장소들로 변한다.

좀 더 철저히 관리한다면, 이 모든 공포로부터 자유로워질 수 있을까? 불가능하다. 프로이트 식으로 말하자면, 안방의 침대 밑에서 기어 나오는 귀신에게 너무 무서우니 이제 그만 나와달라고 말하면 귀신이 슬픈 표정으로 이렇게 응답할 수도 있다. "제가 어떻게 할 수 있을까요? 저는 다만 당신이 꾸는 악몽에 불과할 뿐인데요." 〈이웃사람〉(2012)을 보자. 이 영화에서 202호 소녀를 비롯한 주민들에 대한 연쇄살인을 저지르는 인물은 102호 남자다. 엄청난 수도세, 시체가 담긴 가방, 사건발생일마다 배달되는 피자들은 이 영화가 유영철 이후의 서사임을 말해준다.

반복하건대, 아파트는 호러에 적절한 공간이 아니다. 아파트는 호러(전근대적인 폭력)에 대응하기 위해 고안된 거대한 안전장치이기 때문이다. 영화 〈부산행〉(2020)에서 주인공의 어머니가 그토록 빠른 시기에 좀비로 변하는 이유를 납득하기는 쉽지 않다. 이는 같은 감독이 만든 애니메이션 〈서울역〉(2016)에서 평수만이 표기되어 있는 텅빈 아파트 모델하우스가 호러의 공간으로 변하는 것과는 전혀 다르다. 아파트가 좀비의 소굴이 되는 유일한 방식은 내부의 누군가가 문을 열고 외부의 누군가를 받아들이는 경우다. 마치 난공불락의 요새가 함락되는 방식과 유사하다. 일단, 무언가가 문을 통과하고 나면 난공

불락의 요새는 빠져나갈 곳이 없는 궁지로 변해버린다.

영화 〈#살아있다〉라거나 〈도어락〉, 또는 〈스위트홈〉의 핵심은 '문'에 있다. 문은 견고하지만 그것을 닫아건 채 살아갈 수는 없다. 할리우드 영화 〈패닉룸〉의 아이러니는 아파트 공간에서도 그대로 반복된다. 안전하게 살아남으려면 문 안에서 견뎌야 한다. 그러나 살아남기 위해서 스스로 문을 열지 않으면 안 된다. 호러영화 속의 아파트 공간은 아파트 공간이 더 이상 안전하지 않다는 증거가 아니라 그토록 안전한 곳마저도 문을 여닫지 않는다면 삶이 가능하지 않고, 문을 여닫는 바로 그 순간에 호러가 틈입할 수 있다고 주장하는 것에 지나지 않는다.

4. 삶의 환유: 너희가 아파트에 사느냐

호러는 언제나 둘로 나뉜다. 오로지 순수한 호러를 목적으로 하는 영화들과 삶의 무언가를 추궁하는 영화들. 전자는 잉여 공간을 만들어내고 돌발적인 서사들이나 장면의 전환, 음향효과들에 주목하는 반면에, 후자는 롱 테이크 속에서 왜 호러가 생겨났는가를 추궁한다. 비교하자면 그렇다.

이수연의 영화 〈4인용 식탁〉(2003)이 촉발되는 곳은 도시괴담들이다. 베란다에서 추락사하는 누군가와 눈이 마주친 적이 있다고 여인은 주장한다. 남자는 피곤한 출근길에 전철 안에서 잠들어 있는 아이들을 무심코 지나치는데, 뉴스를 통해 그 아이들의 죽음에 대해 듣고 죄책감을 느낀다.

두 사람이 연루되는 것은 동일한 단절감과 죄책감 속에서 살아가기 때문이다. '4인용 식탁'이란 아파트 공간이 빚어내는 가족 구성에서 최대치에 해당한다. 결혼은 4인용 식탁을 꾸릴 수 있는가에 대한 답변을 요구한다. 영화 속에서 주인공의 불안감은 고장난 장식등을 수리하기 위해서 뜯어내던 천장에서 쏟아진 폐기물들과 비슷한 것으로부터 온다. 약혼녀가 사온 4인용 식탁은 조명이 4개의 의자를 비추도록 되어 있다. 거기에 죽은 아이들이 앉게 되는 순간에, 그는 더 이상 '스위트 홈'의 몽상에 머물 수 없다.

세월호 참사가 벌어진 다음 날, 모든 방송들에서 '골든 타임'에 대해서 이야기하던 2014년 4월 17일에 개봉한 영화 〈한공주〉(이수진 감독)에서 여주인공인 한공주—"이 이름은 옛날옛날 먼 옛날에 어느 왕국에 한 공주가 살았답니다"란 관용적인 문장을 떠올리게 한다—의 잘못이란 아버지가 부재하는 아파트에 친구의 부탁으로 남자애들을 들인 죄밖에 없다. 결국, 집단성폭행의 희생자가 되고 친구는 투신자살해버린다.

영화는 그 사건 속에서 누가 '죄'를 지었는가를 따지려는 데에 있지 않다. 사람들이 오로지 자신의 안온함을 위해 소녀의 고통을 눈감는 데에 있다. 그 결과로 윤리가, 세계 자체가 위와 아래가 뒤바뀌어 버린다. 말하자면 영화 〈한공주〉는 전복Catastrophe의 세계에 대한 고발이자 재난서사의 일종이라 할 수 있다. 영화 〈한공주〉는 일회적인 사건으로 예외적인 비상사태로서 세월호 참사가 벌어진 것이 아니라 한국사회가 이미 도덕적으로든, 법적으로든, 전복된 세계였음을 보여주는 영화라 할 수 있다.

'어느 날 갑자기'의 두 번째 이야기인 〈네번째 층〉(2006)이라든가, 〈아파트〉(2006), 〈세븐데이즈〉(2007) 등에서 아파트 거주자들에게는 괴이한 경고음들이 들려오기 시작한다. 〈네번째 층〉에서 들려오는 층간소음은 현실 속에는 존재하지 않는 4층에서 들려오는 원혼의 호소로 주인공은 모성을 통해 문제들을 파헤친다. 〈아파트〉에서는 어느 날 우연히 낯선 장면의 목격자가 되어 버린 여성이 사건에 깊이 연루되어 버리는 이야기다. 모두 여성 주인공들이 정해진 시한 안에 무엇이 잘못된 것인지를 알아내야 하는 영화들이다.

〈4월의 끝〉(2016)은 영화가 제작된 시기라든가 영화 제목을 통해 세월호 참사에 대한 환유를 시도한 것임을 짐작할 수 있다. 커다란 여행가방을 끌고 한 여성이 변두리 낡은 아파트에 세를 얻고자 한다. 그녀를 괴롭게 하는 것은 옆집에서 들려오는 기이한 소리이다. 이에 대한 호기심을 통해서 그는 아파트 주변의 세계에 연루된다. 하지만 영화는 흐릿한 '암시'에서 더 나아가지 못하고 기이한 빈틈만을 남긴 호러영화로 남아 버린다.

5. 결론을 대신하여: 지금, 우리 아파트는

드라마 〈지금 우리 학교는〉에는 '기생수'라 불리는 기초생활수급자들이 살아가는 임대아파트와 고급아파트의 분할선이 슬쩍 모습을 드러내 보인다. 이야기가 진행되면서 그러한 이데올로기가 얼마나 그릇된 것인가를 입증한다. 삶은 다른 것일 수 있음을 좀비들을 피해 결사적으로 도망치는 와중에도 어린 학생들이 온몸으로 보여준다.

사실, 이 좀비 서사는 우리가 생각하는 것보다도 훨씬 더 강렬하게 세월호 참사의 비극을 환유적인 방식으로 환기한다. 서울 변두리의 도시, 평범한 고등학생들이 벌이는 좀비와의 고투는 마지막 순간에 세월호의 학생들이 겪었을 시간들과 닮아 있다. 그러고 보면 별도의 세트 속에서 공들여 제작된 학교 건물은 세월호의 여객 공간과 상당히 흡사하다.

"대한민국"이 실은 "세월호"와 다를 바 없다는 절망적 인식이 좀비 서사를 통해 재난 앞에서 살아남으려는 투쟁과 그러한 과정에서 삶에서 가장 소중한 것은 부나 권력이 아니라, 어쩌면 살아남거나 이기는 게 아니라, 비록 패배할지라도 인간으로서의 품위를 지키는 일이라는 메시지를 던져왔다. 같은 이유에서 조금 더 희망적인 따뜻한 메시지를 담으려는 영화들이 아파트를 배경으로 만들어지기도 했다. 세상이 그렇듯이 아파트 서사도 천국과 지옥을 아우르는 것이다.

지구 상의 모든 시민들이 그러하듯이 더 비싼 아파트에서 안락하게 살아가려 하고, 그 내부로부터 자신의 '스위트홈'을 지키려는 소시민적 욕망에 갇혀서 살아간다는 점에서 대한민국의 현재 서사는 영화 〈목격자〉(2018)에 머물러 있는 듯하다. 〈네번째 층〉에서 집요하게 진실을 향해 나아가던 주인공이 결국 다른 곳으로 이사가는 것을 선택하는 것과 마찬가지로 말이다.

이제까지 아파트를 배경으로 한 한국의 호러영화들에 대해서 살펴보았거니와, 이는 반드시 한국영화만의 특징이라 하기 어렵다. 말하자면 최인호의 원작을 영화화한 〈적도의 꽃〉(1983)은 스토킹을 다룬 것으로 나중에 나오는 키에슬로프스키의 〈사랑에 관한 짧은 필름〉(1988)과 깊은 유사성을 지닌다. 마찬가지로 할리우드 영화 〈슬리버〉(1993)는 대만의 공포영화 〈아래층사람들〉(2016)과 크게 다르지 않고, 이러한 영화들의 원천에는 히치콕의 〈이창〉(1954)이 자리잡고 있다.

호러의 개념도 불명확하게 수많은 영화들을 거론해왔지만, 아파트를 배경으로 한 모든 호러영화들을 다룰 수는 없고, 또 무의미한 일일지도 모른다. 다만, 사람들에게 어떻게 호러의 끔찍스런 공간마저 기념과 탐방의 대상이 되는가를 다시 한번 강조해둘 필요는 있겠다. 장국영의 마지막 영화 〈이도공간〉(2003)은 장국영의 비극적인 죽음을 환기시키고 그 장소로 우리를 이끈다. 세계의 추모객들을 움직이게 하는 것은 단순한 호기심만이 아니라, 삶의 일회성으로부터 벗어나서 존재를 확장시켜 주는 힘이 이야기에 깃들여 있기 때문이 아닐까 싶다.

호러영화를 보고 현실 속의 아파트를 찾아가는 사람이 열망하는 것은 그 이야기들이 현실을 어떻게 변화시키는가를 확인하려는 데에 있지 않을까? 가장 공포스러운 것은 일상적 삶에 갇혀서 그 하루하루를 반복하며 둔감하게 죽어가는 일일 수도 있다고 호러영화들은, 그리고 어떤 호러여행자들은 주장하고 있는 것이다.

아파트가 등장하는 공포영화 목록

일러두기

- 본 목록은 한국영화데이터베이스(https://www.kmdb.or.kr/main)에 게시되어 있는 '공포', '스릴러' 장르의 한국 영화를 기준으로 작성되었다.
- 신문 기사, 문근종의 「한국영화에 드러난 아파트 이미지에 관한 연구」(2013, 서울대학교 대학원 박사학위 논문), 영화의 촬영지 로케이션 정보를 참고하여 '공포', '스릴러' 장르의 한국 영화 촬영지를 추적 및 목록화하였다.
- 목록은 영화의 개봉일을 기준으로 나열했으며, 상영시간이 60분 미만인 영화는 단편영화로 분류하여 목록에서 제외하였다.
- 촬영지를 찾지 못한 경우, 촬영지를 '불명'으로 기재하였다.
- 촬영지의 상세주소가 불확실한 경우엔 명확히 기재할 수 있는 부분까지만 주소를 기재하였다.
- 한국영화데이터베이스의 분류상 '공포', '스릴러' 장르가 아니더라도 공포의 요소가 있는 영화는 예외적으로 기재하였다.
- 건축법상 오피스텔에 해당하지만, 아파트에 가까운 형태이고 몇몇 정보들에선 아파트로 분류되는 경우 예외적으로 목록에 추가하였다. 이 경우, 비고를 통해 해당 장소가 오피스텔임을 제시해주었다.
- 영화가 아니더라도 아파트가 주요 배경으로 등장하는 '공포', '스릴러' 장르의 드라마는 예외적으로 목록에 추가하였다. 이 경우, 비고를 통해 해당 작품이 영화가 아닌 드라마임을 제시해주었다.

아파트가 등장하는 공포영화 목록

No.	제목(연도)	감독	촬영지	주소	비고
1	마의 계단 (1964)	이만희	불명		영화 촬영을 철저하게 세트장에서 진행했다고 함.
2	원점(1967)	이만희	불명		
3	충녀(1972)	김기영	불명		
4	위험한 향기 (1988)	고영남	불명		
5	텔미썸딩 (1999)	장윤현	삼일시민아파트	서울특별시 종로구 청계천로 369	
6	해피엔드 (1999)	정지우	종암SK아파트	서울특별시 성북구 종암로24가길 53	서민석과 최보라의 집은 종암SK아파트, 김일범의 오피스텔은 유진상가아파트에서 촬영되었다.
			유진상가아파트	서울특별시 서대문구 통일로484	
7	플란다스의 개 (2000)	봉준호	문정시영아파트	서울특별시 송파구 송이로31길 56	
8	하피(2000)	라호범	불명		
9	소름(2001)	윤종찬	금화시민아파트	서울특별시 서대문구 독립문로 8길 159	금화시민아파트는 현재 철거됨.
10	복수는 나의 것 (2002)	박찬욱	공무원아파트	서울특별시 서대문구 연희동	청운시민아파트는 현재 철거됨.
			영진아파트	서울특별시 영등포구 신풍로87	
			잠실주공 5단지아파트	서울특별시 송파구 송파대로567	
			청운시민아파트	서울특별시 종로구 청운동3-55	
11	폰(2002)	안병기	건영아파트	경기도 남양주시 덕소로 286-1	
12	4인용 식탁 (2003)	이수연	한양수리아파트	경기도 군포시 수리산로 40	등장인물 연의 집 내부와 외부는 각각 노원구 하계동 2차 현대아파트, 노원구 월계동 2차 현대빌리지에서 촬영되었고, 마지막에 연이 투신하는 장면은 안양 샘마을우방아파트에서 촬영되었다.
			2차현대아파트	서울특별시 노원구 노원로18길19	
			샘마을우방 아파트	경기도 안양시 동안구 흥안대로 249번길18	

No.	제목(연도)	감독	촬영지	주소	비고
13	이중간첩 (2003)	김현정	반포주공아파트	서울특별시 서초구 신반포로 32	반포주공1단지의 주소를 입력했지만 영화 로케이션을 확인해보면 실제 촬영은 현재 철거된 2단지에서 진행되었다고 함.
14	살인의 추억 (2003)	봉준호	불명		
15	올드보이 (2003)	박찬욱	가락현대 1차아파트	서울특별시 송파구 동남로 160	로케이션에 따르면 '가락현대1차아파트'와 '동신아파트'에서 촬영되었다고 하는데 동신아파트의 주소를 찾을 수 없음.
			동신아파트	불명	
16	거미숲(2004)	송일곤	동아약수하이츠 아파트	서울특별시 중구 동호로10길 30	
17	얼굴없는 미녀 (2004)	김인식	불명		
18	주홍글씨 (2004)	변혁	SK북한산 시티아파트	서울특별시 강북구 솔샘로 174	
19	6월의 일기 (2005)	임경수	반포주공아파트	서울특별시 서초구 신반포로 32	로케이션에선 '부산덕일센츄리온'으로 나오는데 '부산덕인센츄리온'의 오기로 보여 해당 주소를 기재함. 또한 로케이션에선 '분당 영남아파트'라고 나오는데 분당에 해당 이름에 아파트가 많아 명확한 주소를 기재할 수 없음.
			부산 덕일센츄리온	부산광역시 금정구 금정로 233번길 19	
			삼익아파트 (삼익비치타운)	부산광역시 수영구 광안해변로 100	
			영남아파트	경기도 성남시 분당구	
20	여고괴담4 : 목소리(2005)	최익환	불명		
21	오로라 공주 (2005)	방은진	정수아파트	울산광역시 남구 남산로324번길 16	정수아파트의 주소는 정확한 주소가 아닐 수 있음.
			한강트럼프월드 3차	서울특별시 용산구 한강대로26	
22	친절한 금자씨 (2005)	박찬욱	회현제2시민 아파트	서울특별시 중구 퇴계로8길 101	
23	2월 29일: 어느 날 갑자기 첫번째 이야기 (2006)	정종훈	큰솔아파트	대전광역시	로케이션에선 '대전 대유건설 큰솔아파트'로 나오는데 대전에 '큰솔아파트'가 많아 특정이 어려움.
			대동타운아파트	경상북도 문경시 매봉4길15	

No.	제목(연도)	감독	촬영지	주소	비고
24	네번째 층: 어느 날 갑자기 두번째 이야기 (2006)	권호영	시티빌아파트	대전광역시 유성구 봉명동 640-7	
			송림아파트	대전광역시 유성구 하기동 송림마을아파트	
25	아파트(2006)	안병기	불명		내부는 경기도 용인시 신갈동에 있는 아파트에서 촬영되었다고 하는데 정확한 위치는 찾을 수 없음.
26	달콤, 살벌한 연인(2006)	손재곤	불명		
27	가면(2007)	양윤호	불명		
28	세븐데이즈 (2007)	원신연	동대문아파트	서울특별시 종로구 지봉로 25	
29	눈에는 눈 이에는 이(2008)	곽경택, 안권태	불명		
30	라라 선샤인 (2008)	김아론	신일유로빌아파트	경기도 용인시	정확한 주소를 찾을 수 없음.
31	추격자(2008)	나홍진	회현제2시민아파트	서울특별시 중구 퇴계로8길 101	
32	독(2009)	김태곤	삼익세라믹아파트	경기도 부천시 소안로 20	
			삼익아파트	서울특별시 영등포구 국제금융로 109	
33	불신지옥 (2009)	이용주	동진아파트	경기도 시흥시 매화로 41	
34	작전(2009)	이호재	불명		
35	반가운 살인자 (2010)	김동욱	불명		
36	심야의 FM (2010)	김상만	불명		
37	초능력자 (2010)	김민석	원효아파트	서울특별시 용산구 원효로2가 94-2	
			세운상가아파트	서울특별시 종로구 청계천로 159	
			대림상가아파트	서울특별시 중구 을지로 157	

No.	제목(연도)	감독	촬영지	주소	비고
38	여의도(2010)	송정우	쌍용2단지 아파트	서울특별시 종로구 낙산길 198	
39	파괴된 사나이 (2010)	우민호	불명		
40	블라인드 (2011)	안상훈	불명		
41	악인은 너무 많다(2011)	해리	불명		
42	의뢰인(2011)	손영성	불명		
43	노크(2012)	이주헌	불명		
44	돈 크라이 마미 (2012)	김용한	불명		
45	무서운 이야기 (2012)	정범식, 임대웅, 홍지영, 김곡, 김선	불명		
46	이웃사람 (2012)	김휘	만덕주공아파트	부산광역시 북구 만덕1로 25-12	
47	감시자들 (2013)	조의석, 김병서	숭인상가아파트	서울특별시 종로구 청계천로 391	
48	분노의 윤리학 (2013)	박명랑	거여아파트	서울특별시 송파구 거여동 290	
49	숨바꼭질 (2013)	허정	동대문아파트	서울특별시 종로구 지봉로 25	
			중흥S클래스 아파트	경기도 김포시 김포한강2로113	
50	무명인(2014)	김성수	불명		일본식 아파트인 맨션이 등장함.
51	검은손(2015)	박재식	불명		
52	오피스(2015)	홍원찬	롯데캐슬마린 아파트	부산광역시 해운대구 중동2로 34번길 29	주인공이 다니는 회사의 1층 로비가 롯데캐슬마린아파트에서 촬영되었고, 주요 등장인물 김병국의 집은 봇들마을 8단지에서 촬영되었다.
			봇들마을8단지 (봇들8단지 휴먼시아)	경기도 성남시 분당구 동판교로 153	
53	특종: 량첸살인기(2015)	노덕	풍림아이원 아파트		로케이션에 '풍림아이원아파트'라고만 나와 정확한 주소를 특정하기 어려움.

No.	제목(연도)	감독	촬영지	주소	비고
54	널 기다리며 (2016)	모홍진	철산주공8단지 아파트	경기도 광명시 모세로 27	
55	부산행(2016)	연상호	DMC래미안 e편한세상	서울특별시 서대문구 수색로 100	
56	서울역(2016)	연상호	불명		
57	사월의 끝 (2016)	김광복	회현제2시민 아파트	서울특별시 중구 퇴계로8길 101	
58	루시드 드림 (2017)	김준성	불명		
59	반드시 잡는다 (2017)	김홍선	달성아파트	전라남도 목포시 열린길 4	
60	브이아이피 (2017)	박훈정	불명		
61	메자뷰(2018)	고경민	불명		
62	도어락(2018)	이권	대선월드피아	경기도 시흥시 매화로 153	내부는 다른 곳에서 촬영된 것으로 보이나 찾지 못함. 대선월드피아는 건축법상 오피스텔에 해당하지만, 아파트에 가까운 형태이고 몇몇 정보들에선 아파트로 분류됨.
63	목격자(2018)	조규장	파주휴먼시아 2단지아파트	경기도 파주시 파주읍 파주리 816	일부는 성남시에 있는 아파트에서 촬영되었다고 함.
64	퍼즐(2018)	임진승	성수 롯데캐슬파크	서울특별시 성동구 성수일로 8길 47	
65	아내를 죽였다 (2019)	김하라	군포주공11단지 아파트(산본주공 11단지아파트)	경기도 군포시 산본천로 119-9	
66	반도(2020)	연상호	불명		
67	#살아있다 (2020)	조일형	서울아파트	서울특별시 영등포구 여의나루로 121	영화 속 장소의 모티브는 여의도 서울아파트이지만, 실제 촬영은 세트장에서 이루어졌다고 함.
68	펜트하우스 (2020)	주동민, 박보람	불명		드라마. 세트장에서 촬영되었다고 함.
69	스위트홈 (2020)	이응복, 장영우, 박소현	충정아파트	서울특별시 서대문구 충정로 30	드라마.
			회현제2시민 아파트	서울특별시 중구 퇴계로8길 101	

No.	제목(연도)	감독	촬영지	주소	비고
70	F20(2021)	홍은미	삼정백조아파트	강원도 원주시 흥양로102번길 22	
71	괴기맨숀 (2021)	조바른	회현제2시민 아파트	서울특별시 중구 퇴계로8길 101	
72	지옥(2021)	연상호	불명		드라마. 아파트로 보이는 곳이 등장하지만 로케이션을 찾을 수 없어 세트장으로 추정됨.
73	해피니스 (2021)	안길호	e편한세상 옥정더퍼스트	경기도 양주시 옥정서로1길 60	드라마.
74	혼자 사는 사람들(2021)	홍성은	동신2차아파트	경기도 수원시 장안구 정자동 395-3	
75	장미맨션 (2022)	창감독	망미주공아파트	부산광역시 연제구 토현로 10	드라마. 아파트 및 주변 동네는 망미주공아파트에서, 아파트 복도와 내부는 세트장에서 촬영되었다.

제 2 부

아파트를 배경으로 한 영화 분석

시민을 고려하지 않는 시민아파트의 공포

: 〈소름〉과 금화시민아파트

엄학준(한국소설연구자)

1. 시민아파트의 탄생과 몰락

한국전쟁이 끝나고 일자리를 찾아 도시로 향하는 사람들이 늘어나며 서울에는 무허가 건축물이 급증하기 시작했다. 이에 1960년대 중반부터 무허가 건축물의 대대적인 철거가 지시되었고, 철거민들에 대한 이주 대책으로 제시된 것이 바로 경기도 광주로의 집단 이주와 시민아파트 건설 사업이었다.[1] 그렇게 탄생한 첫 시민아파트가 금화시민아파트다.

금화시민아파트는 1968년 6월 18일 건설이 시작되었으며 1969년

---

[1] 「大서울 宿題보다나은 市民生活을 위한 시리즈 ⑤ 〈第5章〉登山하는 佳宅」, 『조선일보』, 1965.05.27, 8면.

4월 21일 최초 입주가 시작되었다. 또 다른 해결책이던 집단 이주의 결과가 1971년 발생한 광주대단지사건[2]이었다는 점을 고려하면 시민 아파트의 결말 또한 좋지 못했을 것이라는 사실을 짐작해볼 수 있다.

실제로 시민아파트 건설 계획은 건설 과정에서부터 부실 공사와 건설비용 착복 등의 부정부패가 끊이질 않았으며, 시공 기간 또한 짧게 책정되어 불안을 야기했다. 그 결과 아파트의 안정성 문제가 계속 제기되었고 사고가 잇달아 발생하기도 했다.[3]

시민아파트 건설 사업은 장소의 선정에서부터 문제가 있었다. 시민 아파트의 대부분은 산비탈이나 산등성이에 지어졌다. 상대적으로 저렴한 땅값도 이유 중 하나였겠지만, 시민아파트 건설을 추진했던 서울시장 김현옥의 발언 "야 이 돌대가리야, 높은 데 지어야 청와대에서 잘 보일 것 아냐"[4]를 고려하면 대통령에게 잘 보이기 위한, 통칭 '전시 행정'의 의미가 더 강했으리라.

결국 시민아파트 건설 사업은 그 계획 단계에서부터 시민들의 목소리가 반영되지 않은 사업이었다. 시민들을 위해 건설된 아파트이지만 정작 건설 도중 무너져내린 토사가 민가를 덮쳐 피해를 입히기도 했으니 오히려 시민들에게 피해를 끼친 사업이었다고 할 수 있다.[5] 애초에 무허가 건축물을 철거하고, 그 과정에서 발생한 철거민들을 한 곳에 몰아넣기 위해 만들어진 아파트가 어떻게 시민들의 목소리가 될 수 있었을까. 그런 점에서 볼 때 시민아파트 건설의 첫 의도는

---

2) 김원, 「1971년 광주대단지 사건 연구: 도시봉기와 도시하층민」, 『기억과 전망』 18, 민주화 운동기념사업회, 2008, 199쪽.

3) 「市民아파트 事故잇달아」, 『동아일보』, 1969.08.04, 4면.

4) 「서울 개발의 그림자…'불도저시장' 김현옥」, 『경향신문』, 2016.07.04. https://han.gl/IAWrn(검색일: 2022년 5월 6일).

5) 「잠자던 三男妹壓死」, 『동아일보』, 1969.08.02, 7면.

오히려 감옥을 짓는 것에 가까운 형태가 아니었을까 한다.

엉성했던 시민아파트 사업은 와우시민아파트의 붕괴와 함께 새로운 국면을 맞이했다. 1970년 4월 8일, 서울시 마포구 창전동 와우산 기슭에서 시민아파트가 붕괴하는 사건이 발생했다. 준공되고 4개월 만에 발생한 사건이었다. 부실 공사가 원인이었는데, 이 사건으로 33명이 사망하고 38명이 중경상을 입었다.[6] 와우시민아파트의 붕괴사고는 시민아파트가 지닌 많은 문제들을 되돌아보게 만드는 계기가 되었다.

와우시민아파트의 붕괴 이후 시민아파트는 상대적으로 고급화가 진행되었다. 그렇게 건설된 아파트가 1970년 준공된 회현제2시민아파트였다. 붕괴사고라는 재해 이후, 시민아파트 건설의 본보기가 되기 위해 기존보다 더 좋은 자재를 사용했으며 일반 건축물 중에서는 최초로 구름다리를 놓은 10층짜리 아파트였다. 이후 건설될 시민아파트들의 모범을 보이기 위해 특히 신경을 쓴 아파트였던 터라 '시범아파트'라는 이름으로도 불리었다.

하지만 남산 인근이라는 지리적 이점과 상대적으로 더 고급스러운 아파트였기 때문인지 회현제2시민아파트에는 본래의 의도였던 철거민들이 아니라 윤수일, 은방울자매 등의 유명인들이 거주하기 시작했다. 그렇게 회현제2시민아파트는 동대문아파트와 함께 '연예인 아파트'로 불리게 되었다. 철거민들을 위해 더 많은 비용을 치루고 지어진 아파트였지만, 정작 그 때문에 철거민들이 밀려난 것이다.

당시에는 철거민들이 받은 입주권을 자본가들이 구입하는 행위가 흔했으며, 이는 조세희의 소설 『난장이가 쏘아올린 작은 공』에서도

---

6) 「사망자33名/38名은 구출돼」, 『매일경제』, 1970.04.09, 7면.

드러난다. 아파트 입주권을 사고팔며, 그 과정에서 소외되는 철거민들의 이야기는 재개발이 계속 이루어지고 있는 현대의 시점에서도 심심치 않게 보이는 풍경이다.

여기서 철거민들이 입주권을 팔아야만 하는 이유는 간단하다. 입주권이 있더라도 돈이 없어 아파트에 입주할 수 없기 때문이다. 그렇게 와우시민아파트 붕괴 이후 지어진 시민아파트는 철거민이 아니라 자본가들로 채워졌다.

물론 상대적으로 더 튼튼하게 지어진 회현제2시민아파트조차도 문제는 있었다. 2006년 있었던 안전진단에서 D등급을 받으며 재개발 논의가 나왔기 때문이다. 이는 시민아파트의 한계를 여실히 보여준다. 애초에 시민아파트라는 것은 건설 계획에서부터 문제가 있었고, 개선된 이후에는 정작 시민이 거주할 수 없었으며, 개선된 아파트조차 안전하지 못했다는 것이다.

결과적으로 시민아파트는 처음부터 끝까지 문제만을 가지고 있었던 실패한 계획이었다. 그런 점에서 보면 금화시민아파트는 최초의 시민아파트면서도 다른 시민아파트들에 비해 상대적으로 오랜 시간 동안 살아남아 있었다는 부분에서 흥미롭다.

금화시민아파트는 최초의 시민아파트였던 만큼 많은 관심 속에서 건설이 진행됐다. 하지만 앞서 이야기했던 것처럼 건설 도중 인근에 거주하던 주민들이 사고사하기도 하는 등의 문제가 많았다. 준공 이후에도 금화시민아파트는 날림 공사로 인해 준공 직후부터 보일러 설비로 인한 가스 중독 사망 사고[7]가 발생하는가 하면, 천장에선 물이 떨어지고 벽에는 금이 가는 등의 문제가 지속적으로 발생했다.[8] 거기

---

7) 「금화地區 가스無防備 市民아파트」, 『동아일보』, 1970.01.22, 8면.

에 와우시민아파트의 붕괴사고까지 발생하자, 금화시민아파트도 철거 논의가 이어지며 1970년 4월 20일부터 조금씩 철거에 들어갔다.[9]

금화시민아파트는 1970년부터 천천히 철거가 진행되어 2015년 8월에 이르러서는 완전히 사라지게 되었다. 금화시민아파트가 있던 곳의 일부는 현재 천연뜨란채아파트가 되었으며, 나머지는 공원화를 계획했지만 2022년 현재까지도 공터로 남아 있다.

금화시민아파트 공사 조감도
(『조선일보』, 1968.06.26)

입주를 시작한 금화시민아파트
(『조선일보』, 1969.04.22)

대부분이 철거되어 2개 동만 남은 금화시민아파트
(『서울신문』, 2009.07.17)

8) 「허술한 市民「아파트」」, 『매일경제』, 1970.04.01, 4면.

9) 「서울市「아파트」조사반건의 「金華39」棟철거」, 『매일경제』, 1970.04.20, 3면.

사진을 통해서도 알 수 있듯이 금화시민아파트는 철거 직전까지도 관리가 전혀 이루어지지 않아 낡고 허름한 모습을 하고 있었다. 하지만 금화시민아파트는 위의 사진이 촬영됐을 당시까지도 10여 가구의 세입자가 거주하고 있는 엄연한 거주공간이었다.[10] 사람이 살 수 없을 것 같고, 실제로도 '위험' 판정을 받아 사람이 거주하면 안 되는 공간이었지만, 그럼에도 이 아파트를 벗어나지 못하는 거주민들이 존재했다는 것이다.[11]

시민아파트의 본래 목적이 집 없는 저소득층 가구를 위한 주택 공급이었다는 점을 고려하면, 이는 아이러니하게도 금화시민아파트가 마지막까지 본래의 기능을 잘 수행하고 있었음(?)을 의미한다. 그렇다면 금화시민아파트는 우리에게 어떤 장소였을까? 단순히 최초의 시민아파트였을까? 거주공간이었을까? 와우시민아파트의 붕괴를 연상시키는 낡고 위험한 흉물이었을까? 그것도 아니면 다른 의미가 있는 장소였을까? 지금은 철거되어 역사 속으로 사라졌기에 텅 빈 공터를 찾아가도 이를 확인할 수 있는 방법은 없다. 하지만 이에 대한 힌트를 찾아볼 수 있는 영화가 있다.

2. 하층민의 열악함을 상징하는 금화시민아파트

누군가에게는 흉물스러운 공간, 누군가에게는 언제 무너질지 모르는 위험한 공간, 또 누군가에게는 삶의 터전인 공간, 그것이 바로 금화

---

10) 「테마스토리 서울」 (4) 서울 1호 시민아파트 '금화'」, 『서울신문』, 2009.07.17.
   https://han.gl/wbthD(검색일: 2022년 5월 6일).
11) 「위험판정 시민아파트 "버티기"」, 『동아일보』, 1996.12.22, 24면.

시민아파트일 것이다. 이러한 괴리감은 아파트를 찾는 사람들에게 공포심을 심어줄 수 있다. 을씨년스러운 분위기와 언제 무너지거나 철거될지 모른다는 불안감, 그리고 그런 곳에서라도 살아야만 한다는 절망감 말이다. 금화시민아파트에 대한 이러한 요소들이 잘 드러나는 영화가 바로 〈소름〉이다.

영화 속에서 미금아파트라는 이름으로 등장하는 아파트단지는 금화시민아파트에서 촬영되었으며, 본격적으로 철거에 들어가기 직전에 촬영된 것이다. 〈소름〉은 미금아파트 504호에 이사 온 택시기사 용현이 510호에 거주하는 여성 선영과 만나고 겪는 사건 사고를 다룬 영화다. 이 과정에서 용현은 미금아파트에 얽힌 여러 사건을 알게 되고, 용현을 비롯한 아파트 주민들은 점차 광기에 휩싸여간다. 결국 용현과 선영의 관계는 파멸로 치달으며 용현은 한밤중에 짐을 챙겨 도망치듯이 아파트를 벗어난다.

〈소름〉의 감독인 윤종찬은 인터뷰에서 "아파트를 우리의 삶으로 규정하고, 무엇 때문에 비극이라는 것이 삶에 끼여들까 하는 생각으로 썼다"[12]고 촬영 의도를 밝혔다. 윤종찬은 삼풍백화점 붕괴사고로 아내를 잃고 그 슬픔과 충격에서 영감을 얻어 〈소름〉을 제작했다.[13] 말도 안 되는 사고로 아내를 잃었더니, 성수대교 붕괴사고 소식을 아내와 함께 덤덤히 지켜보며 '재수가 없었다'고 치부하고 넘겼던 자신의 과거가 떠올랐다는 것이다. 이를 통해 삶이 얼마나 불안정한 것인지를 느낀 윤종찬은 인간이 가진 내면의 어둠과 나약함, 그리고

12) 「〈소름〉 윤종찬 감독-장진영, 관객과 대화」, 『브레이크뉴스』, 2007.11.10. https://m.breaknews.com/73695(검색일: 2022년 5월 6일).

13) 「[작가를 만나다] '소름'의 윤종찬 감독」, 『서울아트시네마』, 2011.09.29. https://han.gl/zdutn(검색일: 2022년 5월 6일).

그러한 어둠을 가진 존재가 우리의 이웃일 수도 있다는 공포를 표현하고 싶었다고 한다.

아무런 인연도 없는 사람들이 모여 함께 거주하는 곳이 바로 아파트이다. 이곳에 모여 이웃사촌이 되는 것은 우연일까, 아니면 운명일까. 아파트는 사람을 끌어당기는 무언가 알 수 없는 힘이 존재하는 것일까. 〈소름〉의 촬영지가 금화시민아파트이며, 영화 자체도 철거 직전의 낡은 아파트를 배경으로 한다는 점에서, 감독이 생각하는 이에 대한 해답이 바로 금화시민아파트에 있었다고 볼 수 있다. 그렇다면 우리는 〈소름〉에서 나타나는 금화시민아파트가 어떤 부분에서 공포스러운지를 살펴볼 필요가 있다.

영화는 미금아파트를 마주한 용현의 앞을 아이들이 뛰어놀며 지나가는 장면으로 시작되며, 그 직후 미금아파트의 전경을 비추는 장면으로 전환된다. 아이들이 뛰어노는 장면을 통해 우린 이 아파트단지에 많은 아이들이 거주하고 있음을 알 수 있다. 하지만 그와 동시에 비추어지는 미금아파트의 전경은 언제 철거되어도 이상하지 않을 상태이다. 폐허에 가까운 아파트 이미지는 아이들이 해맑게 뛰어다니며 노는 모습과 합쳐져 아이러니를 자아낸다.

용현의 방을 둘러보는 이 작가

아파트 계단을 오르는 용현

영화에서 내내 등장하는 아파트의 이미지는 이 작가의 말마따나 "내일모레 재개발될 아파트"(05:02~05:04) 그 자체이다. 심심하면 전기가 끊기고, 수압도 약하며, 아파트 내부의 곳곳은 사람이 사는 곳이라고는 믿기지 않을 만큼 지저분하다. 복도의 어두컴컴함은 언제 귀신이 등장할지 모를 정도로 음습하며, 방의 모습 또한 좋지 못하다. 벽마다 발라져 있는 벽지도 다르고, 설치되어 있는 가전제품 또한 고물에 가깝다. 거기에 복도나 계단에는 고물과 쓰레기가 쌓여 있기까지 하다. 이런 곳에서 어떻게 사람이 살 수 있는지 걱정이 될 정도이다. 이렇듯 금화시민아파트의 이미지는 사람이 살기 어려울 정도로 열악한 환경의 아파트다.

싱크대에서 소변을 보는 강재

경수가 사는 아파트 내부

금화시민아파트가 등장하는 영화는 〈소름〉만이 아니다. 같은 해에 개봉한 영화 〈파이란〉(2001)에서도 금화시민아파트가 등장한다. 삼류 건달인 강재가 경수의 집에 얹혀살게 되는 장면인데, 여기서 등장하는 금화시민아파트는 좁은 방에 지저분하고 열악한 환경으로 묘사된다. 그중 백미는 주인공인 강재가 싱크대에서 소변을 보는 장면이다. 여기서 생겨나는 의문점은 어째서 강재가 화장실이 아닌 싱크대에서 소변을 보는가이다. 영화에서 나타나는 방의 구조를 보면 화장실이 없는 것은 아니다. 결국 이 장면은 화장실의 수압이 약하거나 화장실로 기능하지 못하는 것을 표현한 장면이 된다. 그렇다면 경수가 사는 아파트는 거주공간으로서의 최소한의 기능조차 하지 못하거나, 최소 기능만을 간신히 유지하고 있는 그런 공간인 셈이 된다.

〈소름〉 속 금화시민아파트   〈파이란〉 속 금화시민아파트

이쯤에서 다시 〈소름〉과 〈파이란〉에서 나타나는 금화시민아파트의 전경을 살펴보자. 두 영화는 유사한 각도로 금화시민아파트를 비추고 있다. 두 작품 모두 유사한 각도에서 아파트의 전경을 보여주는 이유는 무엇일까? 아마도 아파트에 대한 전체적인 이미지를 관객들에게 보여주기 위함일 것이다.

두 장면에서 드러나는 금화시민아파트의 모습은 낡고 허름한 것을 넘어서 폐허에 가까운 인상을 준다. 실제로 두 영화에서 이용되는 금화시민아파트의 이미지 또한 사람이 살기 어려울 정도로 폐허의 형상이다. 결국 두 감독이 우리에게 말하고자 했던 금화시민아파트의 이미지는 낡고 오래된, 거주공간으로서의 기능도 제대로 하지 못하는, 그러면서도 이런 곳조차도 아쉬운 사람들이 어쩔 수 없이 거주하는 그런 곳이 아니었을까.

3. 하층민을 끌어당기는 통발, 아파트

〈소름〉과 〈파이란〉에서 등장하는 금화시민아파트의 모습은 열악한 환경을 강조한다. 미금아파트를 벗어나려고 하는 용현의 말처럼 "씨발놈의 아파트"(01:44:10~01:44:12)인 것이다. 하지만 시설과는 별개로 〈소름〉에서 미금아파트는 아이들과 많이 연관된다. 앞서 언급한 것처럼 아파트에는 아이들이 뛰어놀고 용현과 선영이 사는 5층에는 피아노 교실이 있기도 하다. 아이를 키우는 가정집의 모습도 등장한다. 애초에 용현과 선영도 미금아파트와 관계된 아이들이며, 성장 후 다시 미금아파트로 돌아온 이들이다.

아파트단지를 뛰어노는 아이들

아파트 복도의 아이들

아이들이 계속 등장하는 아파트의 모습은 결국 미금아파트가 아이들과 함께 사는 가족 단위의 거주공간으로 기능함을 의미한다. 지금까지 살펴본 바와 같이 미금아파트는 그 어느 곳보다도 열악한 환경의 아파트다. 하지만 그럼에도 어쩔 수 없이 미금아파트에서 아이를 데리고 거주해야만 하는 상황일 정도로 거주민들의 환경은 더 열악한 것이다.

이러한 점에서 볼 때, 아이들이 계속 등장하는 아파트의 모습은 두 가지 관점에서 볼 수 있다. 첫째는 하층민들의 처절한 삶을 형상화한 것이 아파트라는 것이며, 둘째는 아파트에는 하층민들을 끌어당기는 알 수 없는 힘이 있다는 것이다.

현대의 아파트는 부의 상징으로 자리 잡았다. 어느 아파트에서 거주하는지에 따라 그 사람의 물질적 수준이 짐작이 가능해진 것이다. 같은 아파트단지에 거주하더라도 임대주택을 차별하는 등 단지 내에서도 계급을 만들어내는 일은 현대 사회에서 흔하다. 드라마 〈해피니스〉(2021)에서 이러한 모습이 잘 드러난다. 그렇다면 〈소름〉과 〈파이란〉에서 등장하는 금화시민아파트의 모습은 어떠한가? 아파트의 형상을 부의 척도로 본다면, 금화시민아파트에 거주하는 주민들은 모두 계층적으로 최하위계층에 해당한다고 볼 수 있겠다.

시민아파트는 거주할 곳이 없는 하층민들을 위해 건설되었고, 부실공사로 인해 그 의미가 퇴색되어 제 기능을 못하게 되었다. 하지만 하층민들은 그런 문제 많은 아파트에서라도 살기 위해 아등바등하는 것이다. 그렇다면 이들에게 아파트는 거주공간으로서의 안정감을 줄 수 있을까? 언제 무너질지 알 수 없고, 심심하면 정전이 되는 이런 아파트가 이들에게 안정감을 줄 수 있을까? 불안정한 거주공간이 주는 공포심, 그리고 관리가 되지 않아 더러운 아파트가 주는 불쾌함, 이것이 영화에서 드러나는 금화시민아파트의 공포가 아닐까.

〈소름〉의 용현과 선영은 과거에 미금아파트에서 있었던 살인사건과 화재에 연관된 인물들이다. 이들은 성인이 되어 돌고 돌아 다시 미금아파트에 도착하게 된다. 그리고 결말을 통해 이들의 정체가 배다른 남매임이 드러난다. 이를 우연이라고 볼 수 있을까? 아니면 운명일까? 정답은 아파트가 이들을 끌어당긴 것이다.

미금아파트에 거주하는 인물들은 대체로 금전적인 부분에서 어려움이 있는 자들이다. 용현은 택시기사로 일하며 생계를 연명하고 있고, 선영은 편의점에서 일하며 번 돈조차 남편에게 빼앗기며 궁핍하게 산다. 이 작가는 소설이 출간되면 부귀영화를 누릴 것이라 호언장담하지만 매번 고배를 마신다. 이들의 경제적 여건을 고려하면, 미금아파트의 거주자들은 미금아파트가 아니면 살기 어려운 자들인 것이다. 미금아파트 밖에선 살기 어려운 이들의 모습은 아파트가 이들을 끌어당긴 것이라 볼 수 있다.

아파트가 하층민을 끌어당긴다는 부분은 용현과 선영, 그리고 미금아파트의 관계를 떠올리면 의미심장하게 다가온다. 선영은 30년 전에 있었다는 미금아파트 살인사건의 범인이 도망친 후 내연녀와 낳은 자식이다. 용현은 미금아파트 화재에서 살아남은 생존자이다. 하지만 용현과 선영은 자신들과 미금아파트의 관계를 전혀 모른 채 미금아파트에 입주하여 생활한다. 둘의 과거를 고려하면, 이들은 부모를 통해 일종의 부의 대물림을 받아 최하층민이 되었다고 볼 수 있지 않을까 한다. 미금아파트에서 살던 하층민이 아파트를 떠났지만, 똑같이 하층민이 된 그의 자식들이 다시 미금아파트로 돌아온 것이다. 결국 영화 속의 미금아파트는 기능적으로 하층민들을 끌어당기는, 통발의 역할을 수행하고 있다고 볼 수 있다. 아무리 빠져나가고 싶어도 빠져나갈 수 없는, 그리고 결국엔 다시 되돌아오게 되는 함정 같은 곳 말이다.

〈소름〉의 마지막 장면은 용현이 황급히 짐을 싸서 아파트를 빠져나오는 모습을 비춘다. 이 과정에서 정전이라도 발생한 것인지 아파트의 모든 불은 깜빡거린다. 거기에 어디에서 들려오는 것인지조차 모르는 아이의 웃음소리가 들려오고, 용현은 아파트의 입구를 뒤돌아보며 공포에 떤다.

짐을 싸서 미금아파트를 빠져나오는 용현

정전도, 아이의 웃음소리도 모두 평소에도 미금아파트에서 흔하게 있던 것들이다. 아이를 키우는 집이 종종 등장했으며, 정전 또한 이번이 처음이 아니다. 하지만 용현은 이를 보고 들으며 공포심을 느낀다. 용현이 살아온 방식을 생각하면, 적어도 자신이 저지른 죄에 대한 죄책감 때문에 공포심을 느끼는 건 아닐 것이다. 그렇다면 용현이 공포심을 느끼는 이유는 무엇인가? 아파트와 자신 사이에 얽인 운명 때문일까? 아니면 아파트 자체에 대한 공포 때문일까?

아파트는 사람을 끌어당기는 인력引力이 있다. 이 인력은 거주할 곳을 마음대로 선택할 수 없는 하층민일수록 더 크게 영향을 받는다. 그렇게 아파트에 끌려온 이들은 아파트를 벗어나고자 해도 30년을 미금아파트에서 거주한 이 작가처럼 쉽게 탈출하지 못하고 맴돌게 된다. 그렇다면 아파트에 울려 퍼지던 아이들의 웃음소리는 다른 의미로 해석되어야 할 것이다.

영화는 아파트단지를 뛰어노는 아이들의 모습으로 시작되었다. 그리고 아이의 웃음소리로 영화는 마무리된다. 이 아이들의 해맑은 웃음소리는 어떤 상황에서도 여전하다. 아파트의 내부에는 피아노 교실도 있어서 피아노 소리와 아이들의 웃음소리가 잊을만하면 들려온다. 복도에서 아이들을 마주치는 장면 또한 간혹 등장한다. 하지만 이와는 상반되게 낡은 아파트의 모습은 영화 속에서 계속해서 나타나며 영화의 분위기를 어둡게 만든다. 마무리의 웃음소리 또한 깜빡거리는 조명과 함께 공포감을 조성하는 장치로 사용된다. 아이의 맑은 웃음소리가 어느새 공포의 상징으로 바뀐 것이다.

윤종찬 감독은 성수대교 붕괴와 삼풍백화점 붕괴의 모습을 보고 '타인에 대한 무관심'을 〈소름〉의 주제 중 하나로 잡았다고 한다. 그렇다면 영화의 마지막 장면에서 등장하는 아이의 웃음소리는 아파트의 주민인 선영에게 찾아온 불행에는 아무도 관심을 가지지 않는, 타인에 대한 무관심을 보여주는 하나의 장치로 해석될 수 있을 것이다. 하지만 그렇게만 해석하기엔 〈소름〉에서 보여주는 금화시민아파트의 이미지가 너무 강렬하다. 그런 점에서 우리는 아이들의 웃음을 있는 그대로 받아들여선 안 될 것이다. 오히려 낡고 오래된 아파트를 탈출하고 싶지만 벗어날 수 없다는 사실에서 오는 절망의 비명소리로 들어주어야 하지 않을까?

4. 금화시민아파트가 남긴 것

〈소름〉을 본 나는 문득 궁금증이 생겨 금화시민아파트의 터를 찾아가 보았다. 아파트 자체는 사라졌지만 아파트가 있던 동네는 그대로일 것이라 생각했기 때문이다. 그렇다면 금화시민아파트가 남긴 것이

전혀 없는가라는 생각에서 찾아간 것이었다. 서대문역에서 내려 경기대학교 서울캠퍼스를 지나 골목길을 오르다 보면 마주할 수 있는 공터가 있다. 그곳이 바로 금화시민아파트가 있던 곳이다.

금화시민아파트가 있던 곳

2022년 현재, 금화시민아파트가 있던 장소는 새로운 아파트가 지어지고 일부는 공터로 남아 있다. 이 공터는 본래 공원이 될 예정이었지만 실패하고 현재는 펜스가 쳐져 있어 출입이 불가능한 상태였다. 그 때문에 금화시민아파트의 터가 지금은 어떤 모습을 하고 있는지 알 수 없었다. 하지만 주변 동네는 여전히 〈소름〉이 촬영되었던 그 시절의 정취를 보여준다.

금화시민아파트가 있던 곳 인근은 경기대학교 서울캠퍼스를 제외하면 평범한 주거지역이다. 다만 한 가지 특징이 있다면 산이라고 표현해도 될 정도의 고지대라는 것이다. 감히 달동네라고 불러도 될 정도로 비탈길이 많았으며, 복잡하게 얽혀 있는 골목들이 많아 자칫 잘못하면 길을 잃기 십상이었다. 넓게 텅 빈 금화시민아파트의 공터

와는 달리 인근은 좁고 복잡하지만 사람 사는 풍취가 느껴지는 공간
이었다.

금화시민아파트 터 인근 골목

골목길 안의 건물들은 대체로 오래된 느낌을 주고 있었다. 딱 봐도 부실해 보이거나, 각 층이나 벽마다 다른 재질로 지어진 건축물들이 눈에 띄었다. 벽마다 다른 벽지가 발라져 있던 용현의 방이 떠올랐다. 골목길과 동네는 상당히 투박한 인상을 주었다.

이 동네를 보며 〈소름〉 속의 금화시민아파트가 좋은 의미로든 나쁜 의미로든 이 동네와 정말 잘 어울리는 건물이었겠다고 생각했다. 금화시민아파트의 이미지가 이 골목길에서도 드러났기 때문이다. 어떻게 보면 금화시민아파트의 이미지는 그 아파트만의 전유물이 아니었으리라.

공터 근처를 한 바퀴 도는 내내 착각이었을 수도 있지만 어디선가 아이들이 뛰어노는 소리가 들렸던 것도 같다. 활기차다면 활기차고 소름 끼친다면 소름 끼치는 그런 소리였다. 〈소름〉의 용현도 이런 기분을 느꼈던 것일까. 이런 걸 보면 아마 철거된 금화시민아파트는 공터를 남긴 것이 아니라 분위기를 남겨놓고 떠난 것 같다. 누군가가 나에게 금화시민아파트와 그 일대의 감상을 묻는다면 난 이렇게 답할 것이다. '소름 돋는다.'고 말이다.

영화 <아파트>에 나타나는 공포의 구조

모희준(SF문학연구자)

1. 덕후, 아파트를 만나다

세상에는 다양한 분야의 '덕후'들이 존재한다. '덕후'의 근원은 일본의 '오타쿠' 문화에서 찾아볼 수 있다. '오타쿠'와 '마니아'는 사실상 동일한 의미로 읽히지만, 미시적인 관점에서 볼 때 그 의미는 다소의 차이점을 보인다. 예컨대 오타쿠는 팬에서 시작하여 마니아를 지나 그 다음 단계를 의미한다는 것이다.[1] 어쨌든 '오타쿠'는 어디에나 존재한다. 기본적으로는 만화, 게임, 애니메이션 등 일련의 '서브컬처'에 관심을 갖는 이들을 총칭하지만 그 범위는 훨씬 더 확장되어 있다.

---

[1] 1998년 출간된 김지롱의 『나는 일본문화가 재미있다』에서 작가는 오타쿠를 팬, 마니아, 그리고 그 다음의 단계로 정의하였으나 이러한 용어들이 명확한 기준에 의해 정의된 바 없다는 점에서 우리는 이 정의에 대해 주의해야 할 필요가 있다.

이러한 '오덕'들의 관심사에는 당연히 장소, 또는 공간도 포함되어 있다. 장소와 공간은 음악, 미술, 영화, 또는 그와 유사한 구체성을 띠는 무엇과는 조금 다른 양상을 지니고 있다. 장소와 공간은 구체적이긴 하지만 소유할 수 없고, 스토리가 있지만 단편적이지 않으며 복합적이다. 현재와 과거가 공존해 있으며, 한편으로는 역사성도 포함하고 있다. 그리고 이러한 장소와 공간은 대체로 '파운드 푸티지' 형식의 영화에서 그 면모를 잘 살펴볼 수 있다.

'파운드 푸티지'는 형식적으로는 '페이크 다큐멘터리'의 방식을 따르며, 서사적으로는 미스터리, 스릴러, 공포 등의 요소가 포함되어 있다. 1999년 개봉한 다니엘 미릭 감독의 〈블레어 위치〉는 이러한 '파운드 푸티지' 영화의 시초라 할 수 있다. 이 영화에서는 3명의 젊은 이들이 '블레어 위치 전설'을 찾아 메릴랜드 주에 있는 버키츠빌 숲을 촬영하러 가는 공포영화이다.

〈블레어 위치〉에서 중요한 것은 '메릴랜드 주에 있는 버키츠빌 숲'이라는 공간이다. 실제로 이 영화가 흥행을 한 이후 많은 사람들이 카메라를 들고 '버키츠빌 숲'을 찾았다. 그들이 카메라를 들고 방황한 이유는 물론 '블레어 위치'를 찾기 위함도 있겠지만, 결국에는 영화 〈블레어 위치〉의 '배경지'가 '버키츠빌 숲'이었기 때문이다. 영화 속 등장인물들이 고난을 겪으며 촬영해야 했던 장소를 찾음으로써 그들 또한 영화 속 등장인물의 일부가 된다는 느낌을 받는 것이다.

이와 같은 '장소와 공간'의 대표적인 또 다른 예가 있다. 바로 '아파트'이다. 이미 일본에는 '아파트 덕후'들이 존재한다. 일본에는 '단지특면사진団地側面写真'이라는 홈페이지2)가 존재한다. 이 사이트에는 독특

---

2) 단지특면사진(団地側面写真), https://han.gl/dmHIT(검색일: 2022년 6월 30일).

하게도 아파트 단지의 '측면'만을 찍은 사진들로 구성되어 있다. 우리나라에도 아파트 덕후는 있다. 한 공학자는 철거 예정인 아파트를 찾아다니며 철거되기 전의 사진을 찍고, 새 아파트가 완공되면 최대 전기부하를 점검하기 위한 '점등식'의 사진을 찍는다. 그는 일본의 아파트 덕후들과 소통을 하며 일본의 아파트들을 촬영하기도 한다.

1978년 태백 광업소에서 일하는 광부들과 그 가족을 위해 지어진 '화광아파트'는 2020년 10월 아파트 최초로 장례식을 치렀다. 현재는 '화광아파트'를 모조리 철거하고 그 자리에 표지석만 남아 있다. '화광아파트'는 단순히 광부들의 주거 공간으로써의 의미만 갖는 곳은 아니었다. '화광아파트'에서 사는 직원들은 '최고의 직장 석공 일원'이라는 자부심이 있었다고 한다. 그러니까 '화광아파트'는 '태백'이라는 지역의 역사를 상징하는 상징성을 지니고 있는 것이다.

아파트는 그 자체만으로도 이미 서사이다. 넷플릭스에서 2022년 공개한 시리즈 〈아카이브 81〉은 과거 한 영상 제작자가 화재가 났던 어느 '아파트'의 전설을 취재하기 위해 촬영했던 비디오 테이프를 복원하면서 발생하는 사건을 그린 미스터리 물이다. 이 시리즈 물에서 '아파트'는 단순한 배경이 아닌, 하나의 등장인물로 묘사된다. 모든 사건과 비극의 원인 자체가 '아파트'인 것이다.

J. G. 밸러드의 원작소설을 기반으로 한 영국의 SF영화 〈하이 라이즈〉는 아파트가 갖는 고유한 특성, 즉 '층層'이 가지고 있는 권력 구도를 그리고 있다. 이 영화에 등장하는 아파트는 상층부, 중층부, 하층부로 나뉘어 있으며 이는 고스란히 아파트에 입주해 사는 주민들의 계급으로 이어진다.

'아파트'는 한국의 근대화를 상징하는 주거 공간이다. 경제성장과 더불어 삶의 질이 향상되는 것과 비례하여 아파트의 '층수'도 점점 더 높아지기 시작했다. 초창기, 그러니까 1920년대 즈음의 우리나라 아파트는 대개 5층 이하의 규모였다. 이러한 공동 주거 공간을 '아파트'라고 명명하기까지는 제법 긴 시간이 흘러야 했다.

지금 우리가 '아파트'라고 부르는 형식의 주거 공간이 처음 등장한 것은 1962년이었다. 물론 그 이전에도 '아파트'는 존재하고 있었다. 1956년, 지금의 서울시 중구 주교동에 지어진 중앙아파트가 그것이다. 그러나 '단지식' 아파트의 시초는 1962년 도화동에 지어진 마포아파트가 처음이다. 임대 아파트였고, 교통이 편리한 곳에 위치해 있었으며, 비교적 저렴하다는 장점으로 인해 인기가 많았다.

이후 아파트는 중산층의 상징이 되었다. 조세희의 단편소설 「시간여행」에서 주인공 신애는 중산층이며 56평짜리 아파트로 이사를 갔다는 내용으로 시작한다. 과거에도 그랬지만 현재에 이르러서도 자본에 따른 주거 공간의 인식에 대한 차이는 아파트에서도 고스란히 드러나는 것이다.

현대에 이르러 아파트는 주거 공간 이상의 의미를 가지고 있다. 아파트는 현대사회가 생산해낸 또 다른 자본이다. 일반적인 주택은 아파트보다 '주거'라는 측면에서 훨씬 본질에 가까운 가치를 갖는다. 주택이 갖는 매력은 독립성, 개인성, 그리고 역사성에 있다. 주택은 자본의 침입 이전에 개인적인 삶의 공간이라는 측면이 더 강하게 작용한다. 주택은 다른 주택과 본질적으로 거리를 두고 있으므로 독립성이 확보되고 보다 개인적인 공간으로 작용한다. 그리고 이러한 주택이 모여 있는 마을, 혹은 우리가 동네라고 부르기도 하는 주택단지는 이웃 간에 오랜 시간 한 지역에 정착해서 살았다는 일종의 유대감이 존재한다.

이러한 유대감은 누군가 이사를 가고, 다시 이사를 오는 과정에서 좀 더 두드러진다. 사람들에게 관심은 기존에 있던 누군가를 대신해서 새롭게 들어오는 누군가를 받아들이는 과정에 있다. 그리고 이 과정에서 일종의 '소속감'을 전달하게 된다. 이러한 주택의 특징은 '집'이라는 주거 공간의 본질을 더욱 더 강화시킨다.

그런데 아파트는 '주택'과는 다른 양상을 가지고 있다. 현대 사회에서 '아파트'는 일종의 '투자' 개념을 포함하고 있다. 아파트의 시세는 주변의 상황에 따라 유동적으로 바뀌고, 아파트에 사는 주민들은 이러한 시세에 민감하게 반응한다. 그러니까 이들의 관심은 아파트라는 현대적 공동체에 누군가가 이사를 가고, 오는 과정보다는 아파트 자체가 갖는 자본적 가치에 더 집중되어 있다. '아파트' 주민들에게 있어 이웃에 대한 정보는 최소한이면 충분하다. 어쩌면 그 '최소한'조차 필요 없을지도 모른다. 아파트가 갖는 공동체적 의미는 공용시설, 관리비용, 주차장 등에 한정되어 있다. 아파트는 '단지'라는 울타리에 포함된 하나의 대규모 공동체이기도 하지만, 다른 한편으로는 이 공동체 안에서 철저하게 개인적인 삶을 지향하는 장소이기도 하다.

아파트는 다양한 주거 공간 속에서도 아파트 자체의 고유한 위치를 가지고 있다. 아파트는 동棟, 층層, 호號로 구성되어 있는 다층적 공간임과 동시에 입주자 외에는 마음대로 드나들 수 없는 폐쇄적인 공간이다. '아파트'는 '여행'이 아닌 '산책'의 과정에서 발견되며, 그래서 '아파트'는 일상성과 장소성을 가장 명확하게 보여주는 공간이다. 이러한 아파트의 독특한 구조는 다양한 서사의 배경이기도 함과 동시에 서사 자체로 작용하기도 하며, 대체로 독특한 구조가 주는 미묘한 공포심을 유발시키기도 한다.

2. 영화 〈아파트〉와 공포의 구조

안병기 감독의 공포영화 〈아파트〉는 강풀의 웹툰을 원작으로 삼고 있다. 그러나 영화의 서사는 강풀의 그것과는 다소 다른 방향성을 가지고 진행되고 있는데, 이를테면 주인공의 성별이 바뀌었으며, 원작에서 등장하는 낡은 아파트는 세련된 신축 아파트로 대신하였다.

〈아파트〉는 개봉하기 전부터 '아파트'와 관련하여 논란이 있었던 작품이었다. 아파트 입주자들은 자신들이 살고 있는 아파트가 '공포의 배경'이 되는 것에 대해 강한 거부감을 나타냈다. 영화 제작사는 배경으로 활용된 아파트가 어느 아파트인지 식별되지 않도록 주의를 기울여야 했다. 그런데 이렇게 배경이 된 아파트에 대한 구체적인 정보를 식별하지 못하도록 조치를 취한 것은 역시나 영화에서 나타나는 아파트의 부정적인 이미지를 영화 제작사 측에서도 인지하고 있었기 때문이라 할 수 있다.

문제는 영화 속 배경이 된 아파트가 어떤 아파트인지 구체화가 되지 않더라도 '아파트'라는 공간 자체가 공포의 대상이 될 수 있다는 점에서는 변함이 없다는 것이다. 첨단시설을 갖춘, 수많은 사람들이 살고 있는 대단지의 아파트가 어떻게 공포의 대상이 될 수 있는 것일까. 그것은 앞서 언급했듯 아파트가 가지고 있는 독특한 구조, 그리고 생활의 방식과 연관되어 있다. 그리고 그 이면에는 아파트를 자본의 목적으로 생각하고 있는 지금 시대의 특성과도 밀접하게 연계되어 있다.

먼저 영화 〈아파트〉의 기본적인 줄거리를 살펴보도록 하자. 밤 9시 56분마다 아파트에서 정전이 일어난다. 그리고 다음 날이면 아파트에 시체가 발견된다. 이러한 과정을 여주인공인 세진이 목격하게 되고,

그녀는 더 이상 아파트에서 살인사건이 발생하지 않도록 사건 속에 개입하게 된다.

영화 〈아파트〉에서 가장 중요한 포인트는 여주인공 세진의 행동이다. 그녀는 원인을 알 수 없는 정전, 그리고 그 이후에 발견되는 시체에 의문을 품고 건너편 '동棟'을 (어떤 이유로 쌍안경을 가지고 있는지는 설명되지 않지만) 쌍안경을 통해 살펴본다. 이러한 세진의 행동은 일견 관음증적인 면모로 보일 수 있다. 그녀의 행동은 마치 알프레드 히치콕의 〈이창〉을 연상케 한다. 다만 〈이창〉의 주인공 '제프리'와의 차이점이라면 건너편 집을 훔쳐보는 '목적'이 완전히 다르다는 것이다. '제프리'는 이웃의 '일상'을 살핀다. 이러한 행동에는 '호기심'이 강하게 반영된다. 그러나 〈아파트〉의 주인공 '세진'의 목적은 '제프리'와는 달리 좀 더 구체적이다. 그녀가 아파트를 바라보는 행위는 정전이 일어나는 원인을 살펴보기 위한 '탐색'이다.

아파트는 구조적으로 이러한 '훔쳐보기'가 가능한 공간이라는 점에서 다른 주거 공간과 차별적이다. 쌍안경을 들고 있는 세진은 건너편 아파트의 모든 집을 아무런 방해도 받지 않고 조망할 수 있다. 그녀가 스스로 경찰서에 가서 '쌍안경으로 다른 집을 살펴보았다'고 고백하기 전까지 아무도 그녀가 자신들을 훔쳐보고 있었다는 사실을 알지 못한다.

영화 〈아파트〉에서의 공포는 초현실적인 형태이지만, 주인공 세진의 행동, 그러니까 쌍안경을 들고 다른 집을 살펴보는 행위는 철저하게 개인적인 공간을 추구하는 아파트에서 개인의 삶이 누군가에 의해 고스란히 노출된다는 사실 자체가 갖는 현실적인 위협, 또는 공포이다.

아파트가 갖는 또 다른 공포는 좀 더 세밀한 구조적 공포이다. 이 구조적 공포는 시각적인 것과 청각적인 것으로 구분된다. 특히 '복도식 아파트' 구조는 이러한 공포를 극대화시킨다.

복도식 아파트의 구조는 말 그대로 긴 복도에 다수의 세대가 사는 형태이다. 계단식 아파트와는 달리 한 층에 다수의 세대가 살고 있다. 이러한 복도식 아파트의 가장 큰 특징은 '개방성'이다.

복도식 아파트

복도식 아파트는 계단식 아파트에 비해 출입이 훨씬 자유롭다. 대부분의 복도식 아파트는 아무런 제한 없이 누구나 출입이 가능하다. 홍석재 감독의 영화 〈소셜포비아〉(2015)에서도 등장인물들이 이러한 복도식 아파트를 누구에게도 방해받지 않고 들어가는 장면이 등장한다.

복도식 아파트가 갖는 공포는 개인적이어야 할 공간에 누군가가 무단으로 '침입'할 수 있다는 가능성에 기인한다. 아파트에 들어가기 위해 어떠한 절차나 과정도 필요가 없기 때문에 누구라도 아파트에 들어갈 수 있다는 점에서 문제가 발생한다. 특히 한밤중에 불이 꺼진 아파트의 복도에서 들려오는 발소리, 혹은 '어떤 소리'들은 이러한 공포를 극대화시킨다.

영화 〈아파트〉에서는 이러한 복도가 귀신이 등장하는 장소로 활용되고 있다. 어둡고 긴 복도에 알 수 없는 존재가 있다는 사실만으로도 충분히 공포스럽다. 이와 같은 복도식 구조와 맞물려 아파트의 초인종 소리 또한 문제가 될 수 있다. 복도식 아파트에는 누구라도 있을 수 있으며, 누구라도 초인종을 누를 수 있다. 한밤중에 아무도 찾아오지 않을 것을 당연하게 여기고 있는 상황에서 울리는 초인종 소리는 청각적으로, 그리고 심리적으로 심각한 공포감을 줄 수 있다. 그리고 이러한 아파트의 초인종 소리는 다양한 영화에서 변주되고 있으며 〈아파트〉에서도 여전히 등장한다.

아파트에서 경험할 수 있는 가장 큰 공포는 '아파트의 가치 상실'이다. 아파트는 앞서 언급했듯 자본으로의 가치를 가지고 있다. 아파트는 주거의 공간임과 동시에 투자의 대상이기도 하다. 아파트에 입주해 사는 사람들은 누구나 그 아파트에서 평생을 살 것이라고 생각하지 않는다. 그리고 이러한 사고방식의 차이는 곧 '단독주택'과 '아파트'의 차이와 이퀄관계에 놓여 있다.

영화 〈아파트〉에서 지속적으로 시체가 발견되자 아파트 주민들은 아파트 값이 떨어질 것을 우려한다. 그러니까 영화 속에서 '누군가가 죽어야 하는 원인'보다는 그로 인해 아파트의 가치가 떨어지는 것이 대한 공포가 우선인 것이다. '내가 죽을 수 있다' 보다 '내가 산 아파트의 가치가 떨어질 것이다'의 공포가 우선인 것은 '아파트'라는 공간만이 가질 수 있는 모순이다. 이와 비슷한 장면은 아파트를 배경으로 한 또 다른 영화 〈목격자〉에서도 등장한다.

결국 아파트는 '주거 공간'이지만 '평생을 머무를' 장소는 아니다. 아파트는 이 시대에 있어서 일종의 소모품이다. 아파트의 태생이 그렇다. 근대화가 진행되고, 좁은 땅에서 다수의 사람들이 모여 살아야 하는 특성이 반영됐다. 어느 순간부터 마치 대량생산되듯 소위 말하는 '메이커 아파트'가 등장하기 시작했다. 아파트의 가치는 순전히 위치, 크기, 그리고 아파트를 시공한 시공업체의 명성에 의해 결정된다. 자본주의가 우선인 지금의 시대에서 지극히 당연한 상황이지만, 그럼에도 불구하고 아파트에서 발생하는 사고가 공동체로서 가져야 할 경각심이 아닌, 개인 투자의 영역으로 넘어가 버린다는 점에서 아파트는 현실적이고 잠재적인 공포를 언제나 지니고 있는 것이다.

아파트는 결국 개인적인 공간이어야 하며 이웃과 단절된 공간이어야 한다는 것을 영화 〈아파트〉는 명백하게 보여주고 있다. 사건의 중심은 하반신 마비로 아파트에 홀로 남겨진 '유연'과 그녀를 돕기 위한 이웃들의 행동이다. 이들의 도움은 어느 순간 변질되었고, 그것이 사건의 원인이 된다. 이웃의 도움에 대한 변질은 라스 폰 트리에의 〈도그빌〉(2003)의 그것과 유사하다. 문제는 개인적인 삶을 보장해야 하는 아파트라는 공간에서 이웃들의 도움이 어떤 형태로 상황을 악화시킬 수 있는가이다. 기본적인 배려 이상의 것이 존재했을 때 결국 파국으로 이어질 수 있다는 것이 '아파트'가 갖는 본질적인 속성임을 영화 〈아파트〉는 보여주고 있다.

이외에도 아파트는 '엘리베이터'라는 밀폐된 공간을 포함하고 있다. 아파트 자체가 일종의 폐쇄적 성격을 지닌 공간인데, 그 안에 또 다른 공간인 '엘리베이터'가 존재하고 있는 것이다. 심야, 아무도 없는 '엘리베이터'는 일견 빈센초 나탈리 감독의 1999년 영화 〈큐브〉에 나오는 '큐브 속 공간'을 연상케 한다. '엘리베이터'는 층과 층을 오가는 동안 무방비 상태이며, 언제든 고장이 나거나 어떠한 사건이 발생해도 이상하지 않을 공간이다. 〈아파트〉에서는 이러한 엘리베이터에서 발생할 수 있는 최악의 사고를 보여주고 있다. 엘리베이터 천장 위에서 시체가 떨어진다. 그리고 더 최악의 상황은 엘리베이터가 '멈

춰'버렸다는 것이다. 멈춰버린 엘리베이터, 밀폐된 공간, 시체는 우리가 아파트에서 겪을 수 있는 가장 최악의 순간을 의미한다.

3. 우리는 〈아파트〉를 나갈 수 있을까

영화 〈아파트〉는 괜찮게 만들어진 공포영화이다. 그러니까 히치콕의 〈이창〉, 라스 폰 트리에의 〈도그빌〉이 결합된, 그리고 이런저런 영화들의 클리셰들이 적절하게 버무려진, 조미료가 조금 많이 포함된 맛 좋은 분식 같은 영화이다.

그렇다고 〈아파트〉가 평가절하될 만큼은 아니다. 이 영화가 갖는 아파트에 대한 모종의 은유들은 그 시대, 이제 아파트가 주거공간이기 이전에 하나의 자본이 되고 있는 현대사회의 모습들을 보여주고 있다. 이 영화에는 배경이 '아파트'여야만 하는 이유들이 있다. 개인주의의 사회에서 나타나는 이웃들의 과도한 친절, 그리고 그로인한 비극은 아파트이기에 가능한 서사이다. 게다가 낯모르는 사람들이 함께 공존하고 있는 곳, 복도식 구조가 주는 개방적 공포, 엘리베이터라는 밀폐된 공간이 주는 두려움은 아파트가 보여 줄 수 있는 가장 극단의 두려움을 일목요연하게 보여주고 있다.

하지만 영화 〈아파트〉가 갖는 가장 무서운 것은 자본이다. 영화 속의 등장인물들은 결코 아파트에서 벗어나지 못한다. 이미 죽어 버린 여자주인공은 유령이 되어 아파트에 남아 있고, 형사는 그 여자주인공이 생존해 있을 때 살았던 아파트로 이사를 온다. 결국 비극은 계속해서, 마치 뫼비우스의 띠처럼 무한 반복되는 것이며, 이는 현대사회에서 아파트가 갖는 위치를 단적으로 보여주고 있는 것이다.

대다수의 현대인들은 일생을 아파트에서 벗어나지 못하는 경우가 많으며, 그들이 갖는 주거 공간의 꿈은 결국 커다란 아파트이다. 영화 〈아파트〉는 이와 같은 현대인들의 삶을 '공포'라는 서사를 통해 보여주고 있다. 결국 '아파트' 자체가 하나의 거대한 공포로 작용하고 있으며, 그럼에도 불구하고 아파트는 대한민국 사회에서 결코 사라지지 않을 것이라는 점은, 지금의 시대를 살아가는 현대인들의 삶이 마치 영원히 끝나지 않는 아파트의 공포 속에서 살아가야 하는 영화 〈아파트〉의 등장인물들의 삶과 유사하게 느껴지게끔 하는 것이다.

연쇄살인범과 함께 살아가기

: 〈이웃사람〉과 만덕주공아파트

김민수(한국소설연구자)

1. 들어가며: 아파트라는 이름의 나라

한 국가의 특징을 국민들이 살아가는 주거 형태로 말할 수 있다면, 아무래도 이 나라는 아파트 공화국이다. 물론 한국에서 아파트라는 것의 의미는 단지 주거 형태의 한 양상이라는 것에서 머무르지 않는다. 평균적인 삶의 질을 향유하고 싶다는 도시민의 욕망과 경제성을 충족해주기 위해 존재하는 것이기도 하다. 단지는 넓고 아파트는 높다. 거대한 사무용 빌딩 숲을 이루고 있는 도심에서 크게 벗어나지 않더라도, 한국 사회가 오늘날 높아지기를 고대하는 각종 아파트의 각축장이 되었다는 것을 어렵지 않게 알 수 있다.

'집은 살기 위한 기계'라 말했던 르 코르뷔지에에 의해서도 아파트는 대량생산과 표준화된 주택이란 점을 들면 일종의 도구적 주택에 지나지 않는다.1) 물론 여기에서 건축사적 측면으로 아파트라는 하나의 의미를 읽어내려는 것은 아니다. 그러나 한국 사회에서 공산품처럼 대량생산되어 도시라는 거대한 기계 장치의 하나로 기능하고 있는 아파트라는 존재에 대해서는 말하지 않을 수 없다. 결과적으로 그것이 다수가 되어 이 공화국을 이루고 있다고 말할 수 있기 때문이다.2)

따라서 아파트는 다수를 점유하고 있을 뿐 무언가 특별하지는 않은 공간이다. 그곳에 사는 사람들은 어떤가? 경제적 여건에 의하여 계층화되어 있을 뿐 입주민 모두는 똑같이 직조된 공간 내의 허용된 자유를 누리며 일상을 살아간다. 당연히 아파트는 특별하지도 특이하지도 않은 일상을 제공해오던 곳이다. 절제와 침묵은 공공연한 미덕이 된다. 자연스럽게 아파트는 고유한 형태의 삶의 이야기를 빚어내기에도 쉽지 않다.

그러나 삶을 살아가는 장소로서 아파트는 매일 새롭고 특정한 이야기를 생성해내는 곳이다. 그것이 그리 유쾌하지 않은 성격의 것일지라도, 오늘도 전국의 어딘가 아파트에서 일어난 기상천외한 이야기는 뉴스 전파를 통해 전국에 있는 다른 아파트 속으로 흘러 들어간다.

각기 다른 환경에서 살아온 사람들이 모여든 성냥갑 같은 공간 층위와 공동의 것들, 복도와 계단 그리고 승강기와 게시판을 맞닥뜨리며 살아가는 것은 쉽지 않을 것이다. 타인의 현관을 두드리게 될 층간소음과 흡연, 애완동물과 악기 연주, 고성방가 등 각기 다른 취향과

---

1) 이길임, 「르 코르뷔지에 건축에서 건축적 유산(遺産)의 활용방식에 대한 연구: 르 코르뷔지에 집합주거의 주요개념을 중심으로」, 『대한건축학회연합논문집』 87, 대한건축학회지연합회, 2018, 131쪽.

2) 2018년에 출간된 어느 건축학자의 책은 우리의 현재적 삶을 규정하는 중요한 문장으로 시작된다. "우리나라 국민의 60퍼센트는 똑같이 생긴 아파트에 산다."(유현준, 『어디서 살 것인가』, 을유문화사, 2018, 25쪽)

삶의 방식 속에서 잡음을 일으키지 않고 동일한 형태의 만족감을 지니며 살아가기란 거의 불가능에 가깝다. 이야기는 보통 그러한 환경 가운데서 파생된다. 당연히 뉴스에서 나올 법한 이야기의 대다수는 익명성에 대한 침범과 붕괴에 관한 것에서 자유로울 수 없다. 바꿔 말해 우리 내부에서 벌어지는 일들이 이야기로 재생산된다는 것은 그것이 언제 내 주변에서 당장 일어날지 모르는 대상이기에 사회문화적으로 쉽게 쟁점화된다는 것을 뜻한다.

특정한 사건을 겪은 누군가가 바로 내가 될 수 있다는 점은 아파트에서 일상을 영위하는 모든 이들에게 거의 동일하게 적용되는 것이다. 전국 대부분의 아파트 단지가 시대적 그리고 경제적 여건이 아니라면 거의 동일하다는 지적은 아파트에서 확산되는 이야기들이 퍼져 나가는 속도를 이해할 수 있게 해준다. 이웃에 대한 무관심과 배제, 그 속에서 빚어지는 갈등과 갖가지 감정의 확산은 우리의 문화계가 만들어온 여러 특징적인 영화 속에서도 확인된다. 〈개 같은 날의 오후〉(1995)가 폭압적인 권력기제에 대해 아파트 주민들이 공론장을 형성하여 대항해 나갈 수 있다는 집단성의 한 사례를 보여준다면, 〈플란다스의 개〉(2000)가 보여주는 것은 이웃 간의 소통이 부재되어 오해가 범람하게 되어 있는 아파트 거주공간의 내밀한 특성을 보여준다. 아파트는 공공성을 지닌 곳이면서도 철저히 개인적인 공간이다. 위의 언급한 두 영화는 아파트가 지닌 극명한 두 성격을 보여준다.

위에서 열거한 아파트가 지닌 두 가지의 양가적 성격이 극단적으로 제시되는 영화로는 〈이웃사람〉(2012)을 꼽을 수 있을 것이다. 이 영화는 2000년대 한국 사회를 공포에 떨게 했던, 연쇄살인이라는 다소 무거운 주제를 다루고 있다. 다시 말해 우리가 사는 아파트 어느 곳에 있을지 모르는 연쇄살인범에 대한 공포를 이야기한다. 흥미로운 점은 현관문 속 숨겨진 연쇄살인의 진실에 대해 파헤치는 것은 같은 단지와 계단, 복도와 승강기를 공유하는 주민들의 몫으로 남겨져 있다는 것이다.

그런 의미에서 영화〈이웃사람〉이 자극하려는 공포는 경찰이나 행정 공권력이 미치지 못할 수 있다는 아파트 단지 내부의 어느 집에서 일어날지 모르는 사건에 대한 불안감이다. 이를 바탕으로 아파트에서 살아가는 사람들이 지닐 수밖에 없는 각종 불안감이 복합적으로 그려지고 있다.

'우리 아파트에 살고 있는 이웃사람 중 누군가는 연쇄살인의 피해자'라는 극단적 설정이 '강산맨션'의 단지를 구성하여 살아가는 구성원들의 불안과 공포를 자극한다. 이 글에서 주목하는 것 또한 특정한 불안감이 전이되기 쉬운 아파트 단지를 이루고 살아가는 사람들의 삶이다. 특히 영화 〈이웃사람〉에서 같은 공간을 공유하며 각자의 현관문 뒤로 사라지게 되어 있는 아파트 구조의 공간 특성과 이를 어떤 방식으로 활용하여 도시민들이 지닌 불안과 공포를 관객들에게 전달하고자 했는지를 집중적으로 살펴보고자 한다.

2. 영화 속 아파트 공간과 실제

공교롭게도 영화 〈이웃사람〉의 원작인 동명의 웹툰 〈이웃사람〉의 배경이 되는 공간은 아파트라 말하기 어렵다. 그곳의 이름은 '강산빌라'이며 3층짜리 벽돌 건물이다. 영화에서는 빌라 대신 '강산맨션'이라는 이름을 붙여 그곳이 빌라보다는 재건축을 앞둔 조금 오래된 아파트 단지의 일종이라는 것을 보여준다. 웹툰에서 영화로 각색이 되는 과정에서 좀 더 흔하게 볼 수 있는 아파트 단지로 배경 공간이 변화되었으리라 생각해볼 수 있다. 영화에서 배경 공간으로 선택된 곳은 부산의 만덕 주공아파트(부산시 북구 덕천로276번길 60)이다.

〈이웃사람〉은 부산영상위원회의 지원을 받아 부산에서 올로케이션으로 촬영이 진행되었다. 김휘 감독은 한 인터뷰에서 "촬영지 섭외 당시 만덕주공단지는 거주민들이 다 이주를 마친 상태라 촬영조건으로는 더할 나위 없이 좋았습니다. 아파트가 나오는 장면들을 촬영할 때 가장 큰 애로사항이 주민들의 불편함으로 발생하는 민원들인데 만덕 주공아파트는 그럼 점에서 최적의 장소였습니다. 또 낡은 서민 아파트라 영화 속 이미지와도 잘 맞았습니다"[3]라고 언급하는 것을 찾아볼 수 있다. 이는 마침 지자체 차원의 제작 지원과 필요한 여건과 염두하고 있었던 영화 속 공간 이미지 확보 등 여러 사정이 잘 맞아 떨어졌기에 이곳이 선택되었음을 알 수 있게 한다.

〈그림 1〉에서 살펴볼 수 있듯 원작 웹툰에서의 배경 공간인 강산 빌라는 3층 정도 되는 빌라이다. 영화에서는 〈사진 1〉의 포스터 상단의 문구에서 볼 수 있듯 빌라가 '맨션'으로 바뀌어 불리고 있는 것을 볼 수 있다. 앞서 제시한 감독 인터뷰에서 이야기되는 것처럼 실제 로케이션 촬영 장소는 재개

〈그림 1〉 원작 웹툰 속 강산빌라

---

3) 부산콘텐츠코리아랩, 「스크린 속에서 떠나는 부산영화여행 〈이웃사람〉 김휘 감독」, 부산일보 부산 구석구석(URL: https://han.gl/JqHqm).

발로 인해 거주민들이 모두 떠나 빈
단지만 남아 있는 곳이었다. 그로 인해
아파트 단지 내의 계단, 우편함, 주차
장, 관리사무소 앞 등 아파트가 있는
곳이라면 어느 곳에서나 흔히 볼 수
있는 여러 공간이 다양하게 등장한다.

〈사진 1〉의 강산맨션 출입구와 1층
을 배경으로 하고 있는 〈이웃사람〉의
포스터는 이 영화가 지니고 있는 속성
을 가장 잘 드러내주는 것이기도 하다.
가운데 부분 모녀가 불안한 눈빛으로

〈사진 1〉 영화 〈이웃사람〉 포스터 속 강산맨션

주변을 응시하고 있다면, 그 주변으로 이웃 주민들과 경비 인력, 배달
오토바이를 탄 청년이 둘러싸고 있다. 그리고 모녀 뒤편으로 모자를
눌러쓴 한 사내가 1층으로 향하고 있다. 영화에서는 이 사내가 연쇄살
인마라는 것을 초반부터 굳이 숨기지 않고 드러낸다. 이는 영화 초반
부에 인물 그 자신과 피해자, 그리고 관객들만이 그 사실을 공유하고
있는 것이라 할 수 있다. 이는 영화에 몰입하는 관객이 피해자뿐만이
아닌 이 아파트 공간을 구성하는 모든 사람들의 관점에 몰입하게 되
기를 의도하고 있다는 점을 보여준다.

이 영화에서 강산맨션으로 나오는 곳은 실제로 부산 북구 만덕동
만덕주공아파트이다. 이곳은 1984년에 준공되어 5층 건물 30개동으
로 구성된 곳이다. 〈이웃사람〉을 촬영할 2011~2012년 당시에는 재개
발이 확정되어 철거를 앞두고 있었다. 2015년에 이르러 백양산 동문
굿모닝힐 아파트가 새롭게 들어서면서 현재는 사진이나 영상으로만
옛 모습을 확인할 수 있다.

영화 촬영지로 선택된 것에 대해 특별히 연관성을 고려한 것 같지 않지만, 이 만덕주공아파트는 실제 살인사건과 연관되었던 곳이다. 1990년 5월 19일 동아일보 17면에 실린 「풀려난 殺人(살인)용의자 4일 만에 또 殺人(살인)」 기사에 따르면 주민 신고를 받고 연행된 살인범이 경찰의 수사 소홀로 풀려나게 되자 다시 살인을 저지르고 검거되었다는 기사를 보도하고 있다. 이 살인범은 30세의 조현철이라는 남성으로 1990년 4월 26일 만덕주공아파트 26동 109호에서 31세 여성을 난자하여 살해했다고 한다. 그러나 수사본부가 설치되었고, 주민들의 제보를 받아 조현철을 검거했음에도 불구하고, 경찰은 제대로 된 정밀수사 절차 없이 용의 사실을 입증하지 못하고 그를 풀어주었다. 결국 조현철은 연쇄살인범이 되어 다시 24세의 여성을 살해하고 그녀의 돈을 쓰다가 윤락가에서 검찰에 검거되었다는 것이 이 사건의 요지이다. 신문에 보도된 자료에서 확인할 수 있는 것은 아파트 공간에서 연쇄살인사건이 일어났다는 점과 주민들이 경찰 등의 공권력의 보호 없이 살인자에게 노출되었다는 점 등인데, 이러한 부분은 영화와도 유사하다.

만덕주공아파트의 10동과 11동을 주된 배경으로 삼는 영화 〈이웃사람〉에서도 경찰은 다른 주민들보다 한 발짝 늦은 모습을 보여준다. 사건이 벌어지고 있는 와중에 경찰이 용의자 검거에 도달하기 전 '이웃사람'들은 충분히 수상한 누군가의 시선에 노출된다. '이웃사람'들이 불안감 속에서 서로를 목도할 때 영화 속의 경찰은 실제 연쇄살인마의 함정에 빠지기도 하며 다른 사람을 범인으로 지목하기도 한다. 1990년에 있었던 살인사건 역시 주민들의 제보가 매우 결정적인 역할을 했음을 알 수 있다. 같은 날 보도된 『한겨레』에서도 "같은 동네에 사는 조씨가 범인일 가능성이 높다"[4]고 주민들이 직접 판단하여 제보하였음을 보도하고 있다.

영화 촬영 장소에서 벌어진 실제 살인사건이 물론 영화 속 서사에 영향을 주고 있다고는 볼 수 없을 것이다. 실제 사건에서는 영화에서처럼 가방을 이용해 시신을 감추고 사건을 은폐하려 하지 않는다. 그저 완강하게 부인했을 정도인데, 경찰은 그를 풀어주었고 그로 인해 이웃주민들은 다시 불안감에 떨었을 것이다. 그러니 영화 속 서사에서 살인사건을 목도하고 있는 '이웃사람'들의 공포와 불안감은 실제 사건에서의 그것을 짐작하게 한다. 영화 속에서는 죽은 피해자의 모습을 그 가족이나 용의자가 마주치게 되는데, 그것은 사실 아파트라는 한 사회 내에서 반복적으로 생성되는 이야기를 통해 끊임없이 어떠한 환각이 재조직되는 것을 은유하고 있는지도 모른다.

3. 계단 아래 숨겨진 살인의 집

연쇄살인마는 작업실을 요한다. 영화 〈추격자〉(2008)에서 피해자들을 불러들이는 연쇄살인마인 영민이 시신을 훼손하는 곳은 언제나 화장실이며, 〈악마를 보았다〉(2010)에서도 연쇄살인마는 자신의 비밀스러운 공간으로 피해자들을 납치해 그들을 죽이고, 사라지게 한다. 〈이웃사람〉의 연쇄살인마인 류승혁에게도 특별한 공간이 있다. 류승혁이 살해를 하기 위한 동기는 특별히 나타나지 않는다. 다만 그곳에서 류승혁은 이웃을 납치하여 살해한다. 그곳은 오로지 묻지마 살인을 위해 꾸며진 공간이다. 아파트 1층(102호)의 내부에는 지하층과 연

---

4) 「경찰이 풀어준 살인용의자 3일만에 아내 살해」, 『한겨레』, 1990.05.19, 11면.

결되어 있는 통로가 있다.

이곳은 보통의 아파트에 살인을 벌이기 위해 완벽하게 조성된 공간이 덤으로 하나 주어진 것처럼 보인다. 이것은 결국 예측 가능한 같은 구조의 공간을 가지고 있을 아파트이지만 실제로는 각기 다른 분위기와 용도로 사용되고 있을지 모른다는 타자의 시선이 지닐 수밖에 없는 궁금증에 기여한다. 이 비밀스러운 공간은 영화의 초반부, 여중생인 원여선이 납치되어 있던 시점에서 이미 등장한다.

첫 번째 피해자인 원여선의 죽음은 직접적으로 노출되지 않는다. 그녀가 범인에 의해 둔기로 당하고 있을 때 카메라는 아파트의 다른 공간을 보여준다. 이때 나타나는 모든 공간을 묶어주는 것은 피해자가 둔기에 의해 살해당할 때 일어나는 진동이다. 류승혁은 피해자를 죽이기 전 물을 마시는데, 피해자가 비명을 지르며 죽어갈 때 화면이 주목하는 것은 그가 마신 유리잔 속의 물이 어떠한 충격에 의해 떨리는 장면이다. 같은 시각 평화롭게 식사를 하고 있는 다른 집의 유리잔 속의 물도 미세하게 진동하고 있다. 진동 소리에 맞추어 또 다른 어느 집의 술잔과 관리사무소의 전등도 깜빡거리기 시작한다. 결국 이 공간

〈사진 2〉 102호에서 지하로 통하는 계단

들은 엄밀하게 구별되어 있지만, 실은 밀접하게 연결되어 있는 것이다.

〈사진 2〉에서 볼 수 있듯 작업실은 11동 1층 102호 내부의 지하로 통하는 계단과 연결되어 있다. 이러한 공간 설정은 독특한 것으로 경비인 표종록은 이 특수한 공간이 있다는 것을 사전에 알고 있다. 그는 동료 경비원 한 명이 실종되었고, 11동 입구에서 실종된 동료의 안경을 발견하게 되어 류승혁에 의심을 품게 된다. 그는 수도세가 너무 많이 나와 누수를 점검하러 왔다는 명분으로 102호 내부로 들어가는 것에 성공하는데, 때마침 류승혁도 지하에서 물을 계속 흘려보내고 있던 중이었다.

관객은 이때 문제의 지하 공간을 자세히 관찰할 수 있다. 표종혁은 "아 참, 이 집에 지하실에도 화장실이 있지 않나, 거기도 좀 봤으면 하는데……."라는 말로 별다른 의심 없이 지하 공간까지 확인할 수 있게 된다. 문제는 "낡은 서민아파트"라는 설정이 확장되어 층으로 구별된 특수한 공간을 그리고 있다는 점일 것이다. 같은 단지의 똑같이 주어진 집들은 왜 살인마의 '작업실'이 되지 못하였을까? 층을 나누어 지하실을 꾸며놓지 않고서는 완벽하게 은밀해지기란 이미 불가

〈사진 3〉 살인마의 작업실

능했던 것 아닌가. 아파트는 그래서 이중적일 수밖에 없다.

경비인 표종록은 최초로 지하공간에 스스로 들어가 아무런 피해 없이 돌아 나올 수 있는 인물이었다. 그곳에서 그가 본 것은 관객들이 본 것과 크게 다르지 않다. 방음 처리된 콘크리트 벽과 창고에 아무렇게나 쌓여 있는 짐과 2인이 마주보고 앉을 수 있는 식탁과 큰 짐을 옮기기에 유리한 여행가방, 그리고 수도시설 옆에 놓인 수많은 락스 통들을 통해 결국 그는 이 지역에서 벌어지고 있는 연쇄살인사건이 102호의 류승혁과 연결되어 있다는 것을 깨닫는다.

그러나 그것은 경비 표종록 혼자만의 생각에 지나지 않는다. 그는 이 생각을 누군가와 공유하지 않으려 한다. 오히려 피자배달부가 102호에 강한 의심을 품자, 그의 의심을 애써 무력화시키고자 한다. 그 역시 살인의 전력을 감추고 이 아파트에 숨어들어온 익명화된 한 사내에 지나지 않기 때문이다. 그가 지하에 내려가 면밀히 관찰하면서, 관객에게도 마침내 공개된 지하 시설의 구조를 도식화하면 다음과 같다.

알 수 없는 방		중문	창고	계단	알 수 없는 방
수도시설	식탁		복도		

〈그림 2〉 지하 공간의 내부 구조도

〈사진 3〉과 같이 표종혁이 이 공간에 들어섰을 때, 화면은 이 공간을 밝게, 그리고 보다 넓게 표현하는데 집중한다. 이 지하공간을 가감

없이 보여주려는 와이드한 화면은 더 없이 친절하다. 관객들은 표종혁의 관점과 마찬가지로 이 공간의 실체를 낱낱이 살펴볼 수 있다고 믿게 된다. 따라서 〈그림 2〉는 화면을 통해 지하공간을 도식화하여 재구성한 것이다. 지하 공간은 중문을 통해 두 공간으로 분리되어 있고, 통로가 있는 방 두 군데와 창살로 닫힌 창고 용도의 공간이 존재한다. 대체로 계단에서 내려오면 창고와 알 수 없는 방 하나, 복도를 지나면 중문이 가로막고 있음을 알 수 있으며, 중문을 열고 들어가면 오른편에 알 수 없는 방과 가운데에 식탁, 그리고 그 끝에 용도불명의 락스통이 놓여 있는 수도시설이 위치하고 있음을 알 수 있다. 누군가가 수도시설을 점검하기 위해 이곳에 이른다면 계단에서부터 모든 공간을 살펴야 한다.

표종록이 연쇄살인을 위해 이 같은 공간을 확보하려 했는지 우리는 좀처럼 알 수 없다. 다만 그가 자신에게 주어진 특수한 공간을 매우 비밀스럽게 활용하였다는 사실을 넌지시 추측할 수 있을 뿐이다. 그는 현관문에서부터 쇠줄로 된 잠금장치를 통해 외부인을 확인하고, 최소한으로만 소통하여 모든 출입자를 원천적으로 봉쇄하고자 한다. 그는 주도면밀한 사람이다. 복도에서 우발적으로 저지른 폭행과 납치를 감추려고 일부러 와인병을 깬 뒤에 복도를 청소했던 사례가 있다. 지하공간은 관리사무소에서 찾아오는 등의 특별한 일이 발생하지 않는 한 결코 공개될 수 없다. 연쇄살인마에게만 주어진 특수한 복층구조의 공간을 관객들은 어떻게 받아들일 수 있었을까?

이 공간은 연출에 의해 따로 구축된 공간인 것으로 보인다. 김휘 감독은 인터뷰에서 음산함과 막연한 공포감을 위해 시각적인 설정을 많이 하였다고 밝혔다.[5] 즉 지하 공간은 아파트에 다른 주민은 알 수 없는 은밀한 공간이 존재할지도 모른다는 설정을 시각적으로 보여주기 위해 상상된 공간이다. 그럼에도 이 공간이 관객들의 몰입에 큰 무리를 주지 않았다는 것은 흥미롭다. 이 무섭고도 섬뜩하게 연출된 공간이 받아들여질 수 있었던 이유는 현실에서 실제로 벌어지고 있는 연쇄살인에 대한 공포와 호기심이 이 생경한 공간의 리얼리티에 대한 의문을 상쇄시켜주고 있기 때문일 것이다.

4. 아파트 공간의 두 얼굴

아파트는 거대한 주택일 뿐인가? 그것은 많은 사람들이 부속품처럼 기여하는 하나의 기계 장치이면서, 수천 세대가 살아가는 단지는 도시 그 자체의 모습과 닮았다. 그것은 오늘날에도 도시의 풍경^{landscape} 그 자체를 더 문명화된 것으로 진보시키기 위해 좀 더 고층화된 형태로, 도시의 스카이라인을 새롭게 꾸며내고 있다. 아무래도 개발의 욕망 앞에서 아파트가 지닌 다양한 성격은 쉽사리 해석될 수 없을 것 같아 보인다. 그러나 영화 속에서 제기하는 아파트 단지가 지닌 여러 속성을 읽어낼 수 있다면 현대 도시가 지닌 병폐의 일면을 해석할 수도 있을 것이다.

그렇지만 역시 우리가 아파트에서의 삶을 지속하는 한 아파트가 지닌 미스터리한 성격은 영원히 미궁에 있을 것이다. 이는 내가 살아가는 공간을 나 자신이 완벽하게 파악할 수 없다는 공포와도 같은

---

5) "영화 속 공간 가운데 그런 음산함과 막역한 공포감을 반드시 가지고 있어야 할 공간은 살인마의 집이었습니다. 그래서 거미줄처럼 얽힌 전선이라든지 방음판이 쳐진 낡은 지하실, 분해된 마네킹들로 채워져 있는 간이창고 등 공포감을 조성할 수 있도록 시각적으로 설정을 많이 했습니다." 부산콘텐츠코리아랩, 앞의 기사 참조.

것이다. 결국 아파트라는 존재는 연쇄살인마가 지니고 있는 아래층과 같은, 감독이 의도한 대로의 '막역한 공포감'과 같은 것일 터이다. 이 거대한 단지에서 벌어지고 있는 일들에 대해 그곳에 속해 있는 내가 제대로 알 수 없다는 것. 아파트에서의 삶을 지속하면서 아파트가 가지고 있는 미스터리한 성격을 우리는 과연 깨달을 수 있을까.

〈이웃사람〉을 읽어내고자 할 때 짚어야 할 한 가지는 1인 2역이라는 배역의 설정일 것이다. 극중 유수연과 원여선의 역할은 모두 배우 김새론이 맡았다. 원여선은 아버지와 새어머니 사이에서 살고 있으

〈사진 4〉 1인 2역 중 원여선

〈사진 5〉 1인 2역 중 유수연

며, 유수연은 강산맨션 부녀회장의 딸이다. 원여선은 11동 201호에, 유수연은 10동 302호에서 살고 있다. 여중생인 두 사람 모두는 피해자이다. 1인 2역이라는 설정에서 모두가 짐작을 했을 테지만, 두 사람은 종종 같은 사람으로 오인된다.

앞의 사진에서 볼 수 있듯 영화 속에서 관객은 머리스타일과, 안경 착용의 유무 등 1인 2역에 대한 일종의 차이를 인식하면서도 두 사람이 마치 같은 사람이 아닌가 싶은 착각에 빠져들게 된다. 1인 2역이라는 설정은 이 같은 착시를 노린 것으로 실제로는 서로 다른 배역의 이름을 하고 있지만 두 사람은 타자화 된 시선에 의해 착각되기 쉽다. 즉 이 이야기는 아파트를 비롯한 도시적 삶의 특성과 연관되는데, 집을 나서거나 돌아가기 위해 마주치는 수많은 비슷한 사람들과 '나'의 관계와 비슷하다.

이야기는 어떤 힘으로 지속되는가? 그것이 때로는 어떤 우연한 만남에서 비롯되기도 하는 것처럼 이 영화 속 이야기는 영화 속 첫 번째 연쇄살인의 피해자인 원여선의 어머니가 우연히 단지 입구를 걸어가다가 유수연을 발견하면서 비롯된다. 그녀는 딸과 닮은 유수연의 모습을 보고 잠시 착란에 사로잡히지만 유수연을 기꺼이 자신의 집으로 데려간다. 이 장면은 외부인을 강제적인 힘에 의해 자신의 집으로 끌어들이는 연쇄살인범과 대조적으로 보인다는 점에서 의미가 있다.

같은 시각 연쇄살인마인 류승혁이 이 만남을 우연히 관찰하게 된다. 살해당한 원여선의 엄마인 송경희는 문틈으로 살인마가 공포에 사로잡힌 모습으로 원여선을 주의 깊게 살피고 있다는 것을 알게 된다. 이는 '죽은 내 딸이 일주일째 집으로 돌아오고 있다'는 설정의 해답을 짐작하게 한다.

영화는 어디선가 본 적은 있지만 알지는 못하는 사람들을 만나게 될 수밖에 없는 아파트 단지의 특징을 부각한다. 단순히 특정한 사정과 경제적 요건에 의해 모여든 사람들의 공통성과 익명성은 거의 동시에 발현된다. 반복되지만, 아파트는 이중적인 곳이다. 무심코 지나치게 되는 사람들 사이에서 언젠가 본 것 같은 익숙한 사람이 있다. 이곳은 오랜 시간 공을 들였던 관계가 쉽게 마무리되고, 금방 새로운 사람들로 인해 채워지는 공간이다. 또한 이 영화에서처럼 누군가와 닮았다는 개인적 사유가 쉽게 친근감의 표시로 연결될 수도 있다.

영화의 중반부에 이르면 류승혁은 일이 잘 풀리지 않자, 결국 이 연쇄살인사건을 조직폭력배인 안혁모에게 덮어 씌우고 어딘가로 사라지기를 다짐한다. 류승혁은 아파트라는 공간을 언제든 머무를 수 있고, 쉽게 떠날 수 있는 곳으로 인식하고 있다. 아파트는 때로는 쉬운 곳이다. 그리고 그것 때문에 위험하다. 이 영화에서 납치와 연쇄살인으로 가장하고 있는 것은 결국, 타인이 쉽게 여길 수도 있는 공간이 나에게는 매우 중요한 삶의 장소가 될 수 있다는 점일 것이다. 따라서 아파트는 자기 자신의 고유한 생활과 이웃한 자들의 삶에 대한 존중의 저울질이 쉽게 이해될 수 없는 곳이다. 그런 면에서 〈이웃사람〉은 나와는 다른 '타인'이 곧 나와 같은 입장일 수밖에 없다는 점에서 이 공간이 매우 이중적이라는 점을 강조한다.

5. 나오며

우리는 왜 아파트에서의 삶을 지속하는가. 아파트는 우리에게 어떤 행복감을 주는가. 〈이웃사람〉에서 나타나는 아파트의 삶은 매우 건조하며, 때로는 생활 그 자체에 지쳐 있는 자들의 모습처럼 묘사된다.

우리 모두의 삶이 과연 그러했던 것일까. 사실, 아파트라는 것은 각 가정에서 쏟아져 나오는 애로사항과 배출되어야 하는 모든 것을 가장 잘 처리해주는 일종의 시스템일 것이다. 최근의 아파트는 삶을 살아가면서 지속적으로 제기되는 거의 모든 불편을 해소해준다. 폭우와 폭설에도 끄떡없는 지하주차장과 스스로 관리할 필요가 없는 정원과 놀이터, 단지를 중심으로 편성된 각종 편의시설들은 아파트에서 살지 않을 이유가 없다는 것을 말해준다. 이웃과 쉽게 연대할 수만 있다면 이곳은 얼마나 편리한 곳인가.

물론 〈이웃사람〉은 그것을 잘 알고 있는 것 같다. 이웃한 주민들의 연대가 아니었으면 이 사건은 해결되기에 쉽지 않았다. 스스로 추리를 하는 젊은 피자배달부와 가방가게의 주인, 그리고 조직폭력배의 연합은 어느 정도 계획된 것이 아니라 우연에 가깝다. 특히, 조직폭력배가 연쇄살인마를 힘으로 압도하는 시퀀스는 이웃에 연쇄살인범이 있을지 모른다고 생각하는 이 나라의 모든 아파트 주민들이 모종의 쾌감을 느낄 만한 것이다. 왜냐하면 조직폭력배인 그 역시 연쇄살인범과 관련되어 좋지 않은 일을 겪은 끝에 이웃 중 그 연쇄살인범에게만 자신의 무력을 집중적으로 행사하기 때문이다.

그것과 무관하게 이 영화는 특별한 전제를 내세우고 있는데, "죽은 내 딸이 일주일째 집으로 돌아오고 있다"라는 말이 그것이다. 이것이 현실적으로 불가능한 말이라면, 영화의 중반부에서 죽은 딸이 다시 집에 나타났을 때, "배고프지? 밥먹자"라는 응수로 이어지는 장면은 어떻게 가능한 것일까?

이는 오로지 아파트라는 도시적 산물의 비인간성을 지속적으로 비판할지라도, 사라진 존재가 어느새 다시 돌아와 여전한 일상을 지속하게 되기를 꿈꿀 수도 있다는 것. 즉 연쇄살인범과 함께 살아가고 있다는 불안감 속에서도 주체적 삶을 끊임없이 이야기해야 한다는 점을 말해준다. 즉 아파트를 비판하면서도 그 속에서 웅크린 삶이 지닌 인간다운 점을 이야기하지 않으면 안 된다는 것이 아닌가. 따라서 오늘날 길을 걷다가도 보이는 스카이라인 대부분을 잠식하는 아파트는 앞으로도 문제적일 것이다. 결국 우리는 다음의 물음과도 지속적으로 마주치게 될 것이다. 우리가 살아가는 공간을 우리 자신도 잘 모르고 살아왔기 때문에 결국 우리로 하여금 자기 자신을 잘 모르게 된 것은 아닌지. 혹은 우리 스스로가 무슨 꿈을 꾸는 게 아니라 아파트 그 자체가 무슨 꿈을 꾸기를 바라왔던 것은 아닌지.

아파트, 침입과 불안의 공간

: 〈숨바꼭질〉과 동대문아파트

심우일(영화평론가)

1. 도시화의 공포

1960년대 이호철의 소설 〈서울은 만원이다〉(1966)가 쓰인 이후 서울의 인구는 계속해서 증가해 왔다. 1966년 당시 인구는 약 370만 명 정도였고, 1970년에는 500만 명을 넘어섰으며, 1988년에는 1000만 명을 돌파하였다.[1] 즉, 과거로부터 지금까지 서울 도심 인구는 계속해서 기하급수적으로 늘어왔다. 이렇게 늘어가는 서울에 대해 소설가 이호철은 다음과 같이 언급한 바 있다.

---

1) 양권모, 「서울은 여전히 만원이다」, 『경향신문』, 2020.08.05.
   https://han.gl/CYeNO(검색일: 2022년 6월 29일).

1966년 내가 『서울은 만원이다』라는 소설을 쓸 때에 서울 인가가 정확히 얼마였던지 모르겠지만, 지금 생각하면 이미 훨씬 옛날처럼 여겨진다. 모르긴 몰라도 「길녀」(소설의 주인공)도 이미 그 순박성과 시골티를 다 잃어버렸을 것이고, 그녀 나름으로 슬슬 미국이나 경기가 좋다는 월남쯤 갈 꿈을 꾸고 있는 것이나 아닌지 모르겠다.

　　어쨌든 모든 것이 「매머드」화해 가는 서울은 현대도시의 외모를 갖추면서 사실은 공포의 지대로 급속히 변모하고 있는 인상이 없지 않다.

　　해떨어진 후 이후의 서울 뒷거리는 명실 상부 하게 악마 굴같이도 보인다. 나는 며칠 전 저녁 8시쯤에 한국은행 앞쪽에서 「버스」를 타려다가 기어이 포기해 버리고 소공동 쪽으로 건너와서 「택시」를 기다리는 긴 행렬 뒤에 섰다. 거짓말이 아니라 근 1시간을 기다려서 비로소 「택시」 합승을 해서 귀가한 일이다.

　　이 때의 단적인 느낌은 서울거리의 현대화와 퇴폐화는 어쩌면 등식관계를 이룰지도 모른다는 것이다. 외양은 현대화 하여가고 내실은 엄청나게 퇴폐화 하여가고 있는 것이다. 지하도의 그 웅웅거리는 소리, 자동차의 홍수를 보라. 서울시내의 교통난 해소책만 이라도 서울특별시장께서 한 번 시원히 밝혀주셨으면.[2]

　　흥미로운 점은 이호철이 매머드처럼 커져가는 도시를 일종의 '공포'의 감정으로 인지하고 체험한다는 점이다. 해가 떨어진 이후의 서울 뒷거리가 악마굴처럼 보인다는 작가의 소회는 도시화에 대한 거부감과 함께 감각적인 공포를 직접적으로 노출하고 있다.

　　도다야마 가즈히사에 의하면, 공포는 기쁨이나 슬픔이라는 감정과

---

　2) 이호철, 「서울은 만원이다」, 『중앙일보』, 1969.10.04.

달리 상대적으로 대상을 향한 지향성을 지닌다고 한다. 만약 어떤 개가 무섭다면, 그것은 개라는 대상에 대한 두려움 때문에 공포감을 느끼는 것이지 그 주변과의 관련이 없다.

하지만 여기서 중요한 것은 우리는 실제 개를 직접 보지 않고도 개를 두려워할 수 있다는 점이다. 이것은 착각의 작용인데, 새끼줄을 보고 뱀이라고 인식해 새끼줄에 공포를 느끼는 경우 같은 것이다. 이런 점에서 공포를 느끼려면 대상에 대한 두려움과 대상을 향한 지향성을 지니고 있어야 한다.[3]

그렇다면 이호철이 공포감을 느끼는 구체적인 대상을 살펴보자. 그에게 공포를 유발하는 서울이라는 대상의 체험은 지하도의 웅웅거림과 같은 청각적인 감각과 소란스러운 자동차의 움직임과 같은 시각적인 감각들로 나타난다. 즉 이호철의 글에서 우리는 시청각적인 산란함 그리고 교통난이라는 용어로 드러나는 혼란스러움에 대한 신경질적인 반응을 포착하게 된다.

이호철에게 서울의 도시화는 감각적인 혼란과 산만함으로 체험되고, 이러한 혼란함과 산만함은 그에게 서울이라는 공간을 '악마굴'이라는 공포의 대상으로 인식하도록 이끈다. 그에게 도시화란 감각적인 혼란스러움과 산만함이 불러일으키는 불쾌한 감정에 기초하는데, 이러한 불쾌의 감정은 그에게 서울을 공포의 대상으로 판단하도록 만들고 있다.

그런데 그가 도시화에 대해 느끼는 공포는 단순히 개인적인 것으로 볼 수 있는 것일까? 그리고 1960년대 그가 느꼈던 두려움은 오늘날 사라진 것인지 되물어보면 그런 것 같지 않다. 우리는 무수한 공포영

---

3) 도다야마 가즈히사, 이소담 옮김, 『호러 사피엔스』, 단추, 2021, 22~34쪽.

화들 속에서 여전히 지속되는 도시적 삶에 대한 공포와 두려움을 발견하기 때문이다.

공포영화의 미학이 근본적으로 현실 속에서 억압된 인간적 욕망의 회귀에 있다면, 공포영화 속에서 나타나는 무수한 살인과 그로테스크한 장면들은 그 사회가 억눌러왔던 불편한 진실들이 직접적으로 분출되는 순간이다. 그렇다면 항간에 떠도는 아파트 관련 도시괴담을 배경으로 하는 영화들은 우리가 도시적 삶 속에서 억압하고 있는 욕망의 민낯을 감추고 있을 것이다.

이 글은 동대문아파트의 공간적 구조와 특성을 살피면서, 실제로 존재하는 공간을 영화 속에서 어떤 방식으로 활용해 관객들에게 공포와 긴장감을 전달하고자 했는지 살펴보고자 한다. 이 과정에서 우리는 동대문아파트라는 공간이 주는 독특함을 이해할 수 있을 것이고, 더불어 우리가 영화 속에서 감춰진 우리 욕망의 민낯을 발견하게 될 것이다.

2. 1960년대 연예인 아파트

서울 종로구 창신동의 동대문아파트는 중앙정원(이하 '중정')구조로 유명하다. 동대문아파트의 중정 구조는 한국에서 보기 힘든 독특한 형태로 동대문아파트만의 정체성을 드러내는 특징이기도 하다.

익히 알려져 있듯이 과거 동대문아파트를 설명할 때 연예인 아파트라는 수식어가 따라붙고는 했다. 왜냐하면 1960년대 당시 유명 연예인이었던 이주일과 백일섭 등이 동대문아파트에 살았기 때문이다. 그러나 1960년대 후반 동대문아파트의 명성은 1970년대가 되면서 퇴색되기 시작하였다. 1970년대 강남개발로 인해 많은 연예인들이 강남으로 이사를 가면서 연예인 아파트라는 옛 명성을 상실하였기 때문이다.

1970년대 강남개발은 양택식 서울시장이 11월 남서울 개발 계획이라는 이름으로 발표하면서 시작되었다. 남서울 개발 계획의 목적은 1960년대 초 늘어난 서울의 도심 인구를 분산하기 위한 것이었다. 서울시 주도로 진행되었던 개발 사업으로 이때 강남의 도시개발계획은 지금의 한국사회와 도시구조를 형성하게 된 기초가 된다.

1965년 준공되어 현재 약 50년이 된 동대문아파트는 여전히 다양한 영화나 예능의 배경지로 활용되고 있다. SNL이라는 한 예능 프로그램에서는 동대문아파트가 과거 연예인아파트라는 명성을 얻었다는 점과 리모델링 이전 재건축 직전의 낡은 아파트라는 이미지를 활용해 영화 〈레지던트 이블〉(2002)의 패러디물인 〈레지던트 이불〉(2013)이라는 예능 프로그램을 만들어 방영하기도 했다.

이 예능에서 제작진은 자신들이 모델로 삼고 있는 장소가 동대문아파트라는 것을 직접 밝히고 있지 않다. 방송의 실제 촬영은 금화시민아파트에서 이루어졌고 사람들이 생각하는 동대문아파트의 내부 이미지는 금화시민아파트 같은 낡고 허름한 것이었다. 이처럼 재건축을 해야 할 정도로 낡았으나 과거 연예인 아파트라고 불렸던 동대문아파트의 이미지를 아직도 예능에서는 적극적으로 활용하고 있다. 이 같은 사실을 통해 동대문아파트는 단순히 낡고 오래된 아파트가 아니라 사람들에게 여전히 특별한 기억으로 남아 있는 장소임을 알 수 있다.

3. 중정 구조의 활용

낡고 허름한 동대문아파트의 이미지를 활용해 제작된 영화도 있다. 그 중의 하나가 영화 〈숨바꼭질〉(2013)이다. 이 작품은 항간에 떠도는 도시괴담을 모티프로 제작되었다. 초인종 옆에 의미를 알 수 없는 그리스 문자와 알파벳들이 적혀 있었다는 도시괴담을 모티프로 제작된 이 작품은 아파트 공간이 외부의 침입으로부터 안전하지 않다는 현대 도시인의 불안을 드러낸다.

허정 감독은 이 영화를 만들면서 두 가지 사건에서 모티프를 따왔다고 한다. 첫 번째는 뉴욕 아파트 노숙자 사건이고 두 번째는 인천 원룸 표식 사건이다. 실제 뉴욕에서 여자 노숙인이 한 남자의 집에 숨어들어 살다가 경찰에 의해 체포된 사건이 있었으며, 2010년 인천 원룸촌을 중심으로 초인종 주변에 의문의 표식이 남겨지는 일이 발생했는데, 이 표식이 도둑들의 암호라는 괴담이 떠돌아 주변 주민들이 공포에 휩싸였던 사건이 있었다.

초인종 괴담의 모티프가 주는 공포는 2022년에도 여전히 유효한 것 같다. SBS 드라마 〈악의 마음을 읽는 자들〉(2022)에서도 모티프가 활용된 바 있으며, 『세계일보』 2022년 4월 7일 기사에 따르면 우편배달부가 편의를 위해 소화전 주변에 표식을 남긴 적이 있는데, 이 표식을 보고 공포를 느낀 아파트 주민들이 경찰에 신고를 접수하는 해프닝이 발생한 적도 있다.[4]

2013년에 개봉한 영화 〈숨바꼭질〉은 재건축 직전의 동대문아파트

---

4) 장한서, 「소화전 옆 수상한 이름과 숫자 … "우편배달원 편의 위해 적었던 해프닝"」, 『세계일보』, 2022.04.07.

분위기를 잘 활용하고 있다. 당시 동대문아파트 주민들은 노인과 외국인들이 많이 살았던 것으로 알려져 있는데, 영화 〈숨바꼭질〉은 외국인이 살다가 도망간 것으로 설정된 빈방들을 보여주거나, 당시 서울문화유산으로 지정 중에 있어서 재건축 이야기가 오가던 상황들이 성수와 아파트 관리자의 대화 속에 반영되어 있다.

현실과 마찬가지로 영화 속에서도 낡은 아파트의 주민으로 살아가고 있는 사람들은 노인이거나 외국인 노동자이다. 즉 영화 속에서 동대문아파트의 이미지는 낡고 허름한 분위기와 더불어 한국사회의 주변부로 밀려난 사람들이 살아가는 공간으로 나타나고 있다. 카메라가 하이 앵글에서 잡고 있는 아파트 중정의 중심으로 걸어 들어오는 성수의 모습은 낯선 이질적인 세계로 진입하고 있는 성수의 상황을 상징적으로 잘 보여주고 있다.

이런 점에서 영화 〈숨바꼭질〉에서 감독이 동대문아파트를 활용하는 방식은 이 영화가 꼭 동대문아파트에서 찍혔어야 하는 작품이라는 생각이 들게 한다.

1990년대까지 대부분의 도심지에 지어진 아파트들은 복도식 건물

동대문아파트 중정으로 들어서는 성수의 모습

인 경우가 많다. 왜냐하면 복도식 아파트 구조는 최대한 시간을 줄여 빠르게 건물을 올릴 수 있고 최대한 많은 사람들을 수용하는 건축 구조이기 때문이다. 이런 맥락에서 1960년대 이후 만원이었던 서울 지역의 늘어나는 인구 집중 문제를 해소하기 위해 아파트가 주로 복도식으로 지어진 것은 이해되는 대목이다.

그런데 만약 영화 〈숨바꼭질〉을 중정 구조의 동대문아파트가 아니라 복도식 아파트에서 찍었으면 어떠한 느낌이었을지 상상해보자. 동대문아파트의 낡고 허름한 분위기는 차치하고, 아파트 내부에서 성수와 살인범이 서로 쫓고 쫓기는 추격의 긴장감이 상대적으로 부족했을 것이다. 복도식 아파트라면 카메라의 움직임은 교차편집을 활용한 상대적으로 직선적인 움직임에 한정되어 연출되기 쉬웠을 것이기 때문이다.

반면 동대문아파트 특유의 독특한 중정 구조가 주는 공간감을 활용한다면 좌우는 물론 위와 아래 다양한 시점의 앵글로 아파트 내부를 카메라가 훑으며 인물들 사이의 추격 씬이 가능하게 한다. 즉, 이 영화에서 만들어지는 긴장감은 동대문아파트의 독특한 건축양식으로서

성수가 아파트 중정에서 괴한을 쫓는 장면

중정 구조가 주는 공간적 특성이 영화 속에서 다양한 방식의 공포와 긴장을 불러일으키는 환경으로 작용한다는 뜻이기도 하다.

이런 점에서 이 영화의 타이틀은 〈숨바꼭질〉로 되어 있지만 오히려 '술래잡기'라고 해야 맞지 않을까. 실종된 형이 감추고 있는 진실을 쫓는 성수와 살인을 통해 남의 집을 빼앗는 주희라는 인물 사이의 쫓고 쫓기는 스릴러이기 때문이다. 동대문아파트의 중정 구조는 실제 영화 속에서 술래잡기의 공간으로 활용되고 있다.

영화 〈숨바꼭질〉에서 성수와 주희의 추격 씬 중간에 미로와 같이 나선으로 얽혀 있는 아파트 내부의 계단 이미지가 나타난다. 이러한 그로테스크하면서도 기하학적인 공간 구조의 이미지는 알프레드 히치콕의 영화에 〈현기증〉(1958)이라는 작품에서 이미 활용된 바가 있다.

알프레드 히치콕의 영화들은 익히 알려진 것처럼 인간 정신의 분열적인 욕망을 집요하게 다루는 것으로 유명하다. 그의 영화 〈현기증〉에서 미로의 공간은 퍼거슨이라는 인물이 감춰진 사건의 진실에 다가가는 과정이자 알아차리지 못하고 있던 자기 자신의 내면세계로 좁혀들어가는 과정이기도 하다.

다시 말해 영화 속에서 나타나는 나선의 이미지는 마침내 인물들의 감춰두었던 욕망과 진실이 밝혀지는 순간에 대한 암시이기도 하다.

〈현기증〉

〈숨바꼭질〉

실제 영화 〈숨바꼭질〉에서도 성수는 구불구불한 미로를 타고 올라가서야 자신의 형을 살해한 범인이 평범한 아파트 주민 같아 보였던 주희였다는 것을 알아차리게 된다.

　미로 같은 계단을 타고 올라가면, 동대문아파트의 옥상이 나타난다. 앞서 언급한 것처럼 이 옥상의 모습은 지붕이 없는 형태로 그 모습이 외부에 그대로 드러난다. 덕분에 고층 빌딩에서 아파트의 옥상을 바라볼 때 그 모습 전체가 훤히 드러나는 형태이다. 영화에서도 이러한 개방감을 느낄 수 있으며, 고층에서 바라볼 때 아파트 중앙에

높은 위치에서 내려다본 동대문아파트의 옥상 모습

명암의 대비를 통해 아파트 공간을 활용하는 장면

뚫린 중정의 모습을 볼 수 있다.

영화에서 성수는 낯선 남자에게 목숨의 위협을 받는데, 이때 구멍이 뚫린 옥상과 중정은 담벼락을 사이에 두고 삶과 죽음이 교차하는 공간으로 활용되고 있다. 성수가 버팀목으로 삼고 있는 담벼락이 이미지의 중앙을 가르고 있으며, 옥상 부분은 상대적으로 밝게 드러나고, 중정의 중심은 어둡게 나타나고 있음을 알아차릴 수 있다. 즉, 영화 속에서 옥상에서의 격투 씬은 삶과 죽음이 교차하는 위험을 옥상의 담벼락과 중정을 활용해 묘사하고 있는 것이다. 이처럼 동대문아파트의 중정 구조는 관객에게 극적 긴장감을 일으키는 데 활용되고 있다.

4. 두 아파트 공간의 대비

영화 〈숨바꼭질〉은 두 개의 아파트가 대비되는 양상을 보인다. 동대문아파트가 낡고 허름한 그래서 사회에서 배제된 사람들이 살아가는 장소로 나타난다면, 성수가 영화 속에서 거주하는 장소의 경우 중산층 이상의 성공한 사람들이 사는 고급 아파트이다.

성수의 가족들이 거주하는 아파트 내부의 특징은 방범을 위한 첨단 시설을 갖추고 있고, 계단식 아파트여서 복도식 아파트와 달리 상대적으로 거주민의 안전과 편의를 고려하고 있다는 점이다. 덕분에 아파트는 타인과의 접촉이 상대적으로 제한되어 있어서 타인의 침입을 허용하지 않는다.

영화에서 성수의 가족들이 살아가는 아파트 구조는 현대인의 불안과 안전에 대한 욕망을 물질적으로 재현하고 있다. 콘크리트로 구성

동대문아파트와 대비되는 성수의 고급 아파트

된 견고한 성채는 마치 하늘 위에 고립되어 떠 있는 섬처럼 자신들만
의 안전한 공간을 구성한다. 이처럼 아파트는 성수의 가족들에게 거
주의 장소이면서도 안과 바깥을 구별해주는 곳이기도 하다.

그런데 이 아파트에 누군가 침입하려고 한다면 어떨까? 안전에 대
한 현대인의 욕망과 불안을 극명하게 보여주는 장면이 바로 성수의
가족들이 거주하는 아파트에 낯선 외부인이 침입을 시도하는 장면이
다. 영화 속에서 성수의 딸은 야쿠르트를 좋아하는데 왜 오늘 야쿠르

타인의 진입을 통제하는 영화 속 아파트 장면

트가 배달오지 않느냐는 물음에 성수의 아내는 오늘 아줌마가 일이 있어서 야쿠르트가 배달되지 않는다고 답한다.

그러자 딸은 칭얼거리기 시작하고 결국 성수의 아내는 야쿠르트를 구입하기 위해 동네마트로 향한다. 잠시 후 마트에서 집으로 돌아가던 성수의 아내에게 딸의 전화가 걸려온다. 딸은 그녀에게 야쿠르트 아줌마가 문 앞에서 기다리고 있다며 문을 열어줘도 되겠냐고 묻는다. 그 말에 성수의 아내는 놀라며 절대 문을 열어줘서는 안 된다는 말과 함께 아파트로 뛰어가기 시작한다.

약속된 시간이 아닌데 낯선 사람이 방문해 자신의 아파트 문 앞에서 서 있다는 단순한 사실이 주는 공포를 영화는 극명하게 보여준다. 타인의 침입을 두려워하는 현대인의 불안을 허정 감독은 아파트 현관문의 조그만 구멍의 움직임과 괴한이 문을 두드리는 소리를 활용해 구성해낸다.

영화는 아파트 현관문 아래 뚫린 구멍으로 누군가 자신의 아파트 내부를 관찰하고 있음을 그리고 문을 부서질 듯 두드리는 소리를 통해 아파트 내부에 있는 사람에게 공포감을 준다. 이것을 바라보는

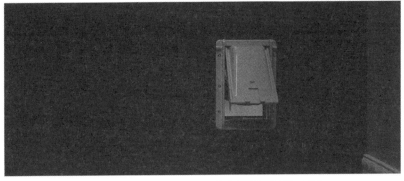

현관문에 설치된 구멍을 통해 괴한이 침입을 시도하는 장면

괴한이 성수의 아파트로 침입을 시도하는 장면

관객들도 낯선 사람의 침입 시도가 주는 공포를 느끼며 아이들의 엄마가 빨리 집으로 도착하기를 바라게 된다.

어쩌면 우리가 영화 〈숨바꼭질〉을 보면서 공포나 두려움을 느끼는 것은 아파트가 한국에 사는 사람들이 대체로 거주하기를 희망하는 장소이고 많은 사람들이 실제로 살아가는 보편적인 거주양식이기 때문일 것이다.

서울이라는 한정된 공간에 국가 인구의 반 이상이 거주하기에 아파트는 현대인의 주요한 주거 공간이 되어 버렸으며, 아파트의 소유 여부는 한 사람의 부와 계급을 측정하는 척도가 되어 버렸다. 이런 점에서 아파트는 단순한 건축 양식이나 콘크리트로 된 건축물이 아니라 이미 현대인의 내면에서 부와 계급적 가치를 의미하는 사회적 상징물로서 작동하고 있는 것이다.

영화에서 연쇄살인마인 주희가 성수의 집을 빼앗기 위해 침입을 시도하는 이유도 이와 다르지 않다. 성수의 형을 살해하고 그 집을 차지해 살아가고 있는 주희 모녀는 형의 실종신고를 듣고 그가 거주하던 아파트를 찾아온 성수를 새로운 목표물로 삼는다. 그리고 성수의 뒷조사를 통해 그의 집에 침입한 주희는 뻔뻔하게 성수의 아파트를 자신의 집이라고 주장한다.

이러한 주희의 부조리한 태도의 밑바탕에는 성수의 아파트를 차지함으로써 자신도 성수의 가족처럼 행복한 가정을 이룰 수 있을 것이라는 믿음이 자리하고 있다. 하지만 주희의 믿음은 비틀린 한 개인의 욕망으로 보기 힘들다.

이미 우리가 일상적으로 접하는 무수한 아파트 광고 속의 이미지들은 아파트에 거주함으로써 누릴 수 있는 삶의 질적 향상과 가족들의 행복한 이미지를 전시하고 있지 않은가. 아파트에 대한 환상과 함께 그곳에서의 삶을 우리는 실제로 동경하며 살아가고 있다. 아파트 청약권을 둘러싼 무수한 이야기들이 일상적 삶의 주변에서 들려오는 것만 보아도 아파트를 향한 주희는 믿음은 현대인의 내면에 도사린 욕망을 대변한다.

우리가 눈여겨보아야 할 지점은 주희의 욕망이 자기 자신의 것이 아니라는 것이다. 행복한 가정을 이루는 것은 누구나 갖는 보편적 욕망이지만 아파트가 바로 그것을 이루는 수단이라고 착각하는 것은 그녀 자신의 것이 아니라 부조리한 한국 사회의 구조가 만들어낸 환상이다.

그럼에도 그 환상은 우리를 지배하는 힘을 지니고 있다. 모두가 아파트 청약권을 얻기 위해 카페를 만들어 정보를 공유하고 로또복권처럼 그 결과를 기다리는 것은 그 환상이 우리의 일상을 지배하는 실제적인 힘을 지니고 있음을 말해준다. 그 욕망들이 모여 구체적인 부동산 시장을 형성하고 아파트라는 상품을 만들어낸다. 이런 점에서 주희는 성수의 가족에게 피해를 입힌 살인마인 것도 사실이지만 동시에 한국 사회의 부조리한 구조가 만들어낸 괴물이기도 하다.

불타는 아파트를 바라보며 절규하는 주희의 모습

　주희의 욕망이 자기 집을 소유함으로써 계급적으로 상승하기를 꿈꾸는 현대인의 내면을 대변한다면, 고급 아파트를 소유한 성수의 욕망은 자신의 것을 빼앗길지 모른다는 불안을 드러내고 있다. 성수는 괴한의 침입으로부터 아파트를 포기할 수 없으며 가족들을 보호하고자 하지만 실패한다.

　절체절명의 순간 그의 선택은 바로 자신의 아파트를 포기하는 것이다. 스스로 라이터를 켜고 아파트에 불을 질렀을 때 성수와 그 가족들은 자신의 집에 침입한 주희를 물리치고 살아남게 된다. 바로 한국 사회를 살아가는 현대인의 욕망을 대변하는 아파트를 버릴 때 비로소 성수의 가족들은 자신들을 위협하는 불안으로부터 벗어나게 되는 것이다.

　영화 〈숨바꼭질〉은 동대문아파트와 성수가 거주하는 고급아파트를 대비함으로써 현대인의 계급 상승의 욕망과 아파트를 둘러싼 환상이 초래하는 불안을 드러내고 있다. 성수가 영화 속에서 언제 자신의 아파트를 빼앗길지도 모른다고 불안을 느끼는 것은 바로 주희와 같은 괴물이 존재하기 때문이 아니라 사회의 부조리한 구조가 만들어낸 효과이다. 이처럼 허정 감독은 한국 사회의 아파트 신화가 지닌 부조리와 아파트를 둘러싼 현대인들의 불합리한 내면을 드러내기 위해 초인종 괴담을 모티프로 삼아 숨바꼭질의 서사를 구성하였다.

5. 아파트라는 현대인의 공포

지금까지 우리는 영화 〈숨바꼭질〉을 중심으로 동대문아파트의 중정 구조가 영화 속에서 활용되는 방식과 두 아파트를 나란히 공간적으로 대비함으로써 작품에서 아파트가 얻게 되는 의미가 무엇인지 살펴보았다.

동대문아파트의 중정 구조가 괴한과 주인공 성수 사이의 쫓고 쫓기는 긴장감을 형성하고, 아파트를 미로와 같은 구조로 형성화하는 데에 효과적으로 활용되고 있음을 살펴보았다. 또한 동대문아파트와 성수의 고급 아파트를 대비함으로써 남의 아파트를 빼앗아서라도 계급 상승을 이루고 싶은 현대인의 욕망과 자신의 아파트를 언제 빼앗길지도 모른다는 중산층의 불안을 표현하고 있음을 확인할 수 있었다.

아파트라는 거주공간이 우리 삶을 지배하게 된 것은 언제부터일까. 사실 처음부터 아파트가 지금과 같은 위상을 얻게 된 것은 아니었다. 근대 시기에 아파트는 독신자나 하층민 거주공간으로 분류되었고, 한국전쟁 이후에 지어진 아파트들 또한 하층의 시민들이 거주하는 공간에 불과했기 때문이다.

1960년대 중후반 시민아파트 건설 사업 계획도 강북에 집중된 서울의 인구를 분산시키고자 한 서울 도시화 사업의 일환이었고, 1970년대 와우산에 지어진 와우시민아파트는 졸속으로 지어져 입주 삼 개월

만에 무너지기도 했다. 즉, 처음부터 아파트가 지금과 같은 부르주아 계급을 상징하는 거주공간이 아니었다는 말이다.

그러나 1970년대 이후 강남개발계획과 대규모 단지형 아파트인 마포아파트가 지어지면서 한국의 중산층들이 강남으로 이주해가기 시작했고, 사람들이 몰리는 만큼 자연스럽게 아파트는 강남을 대표하는 거주 양식으로서 자리를 잡게 된다. 그렇게 한국의 아파트 신화는 시작되었으며 지금까지 신화는 깨지지 않고 견고하다.

이제 우리는 현대의 아파트에 대해 다시 사유해볼 필요가 있지 않을까? 현대의 아파트들이 과연 우리의 삶과 행복을 결정하는 공간인지 말이다. 영화 〈숨바꼭질〉이 적절하게 보여주고 있듯이 아파트를 향한 환상에 빠져 우리는 남과 비교하며 자신도 모르는 박탈감과 무기력에 빠져 있지 않은가. 또는 오히려 끊임없이 지금 살아가고 있는 아파트를 빼앗길지 모른다는 거주 불안에 휩싸이고 있지 않은가.

무수한 광고들은 아파트라는 공간이 우리의 행복을 보장하는 듯 환상적인 이미지들을 만들어내고 있으나, 아파트야말로 우리의 실제적 삶을 파괴하는 공포의 대상은 아닌지 돌아볼 필요가 있다. 아파트는 우리 삶의 행복을 결정짓지 않는다. 그것은 우리 생활의 수단일 뿐 삶의 목적 그 자체일 수는 없기 때문이다.

1인 가구 여성의 불안한 밀실

: 〈도어락〉과 대선월드피아

임영봉(문학평론가)

1. 거주를 위한 '집'과 '문'

이권 감독의 2018년 작 〈도어락〉은 대도시 서울을 배경으로 오피스텔에서 혼자 살아가는 여성 인물의 이야기를 다룬 공포 스릴러물이다.

이 작품은 스페인 영화 〈슬립 타이트Sleep Tight〉(2011)를 원작으로 삼고 있지만 각색에 따른 부자연스러운 측면은 거의 느낄 수 없다. 가해자 남성이 주인공으로 등장하는 원작에서 몇 가지 소재만 취하고 등장 인물과 사건을 한국적 상황과 현실을 바탕으로 전면적으로 재구성한 〈도어락〉은 한 편의 새로운 영화라고 말하는 게 적절하다.

〈도어락〉은 장르 상으로 공포 스릴러로 분류되지만 특별히 이색적이거나 괴기스러운 소재나 이야기 구성을 통해 관객의 관심을 끌고자 하는 영화가 아니다. 그것은 〈도어락〉이 다루고 있는 불안과 공포의 세계가 초현실이나 가상의 차원이 아니라 지금 우리가 살아가고 있는 현실을 배경으로 하고 있기 때문이다. 영화〈도어락〉은 우리에게 익숙한 삶의 시간과 공간, 도시의 일상을 무대로 하고 있다.

이 영화가 관객에게 처음 보여주는 장면은 복잡한 도시의 퇴근길이다. 영화는 "지금, 사당 사당행 열차가 들어오고 있습니다"라는 역구내 방송이 흘러나오면서 퇴근하는 사람들로 꽉 찬 지하철 승강장과 통로를 조망하는 시점에서 시작되어, 주인공과 같은 오피스텔에 사는 '강승혜'라는 여성 인물(그녀가 윗층 701호 거주자라는 사실은 나중에 밝혀진다.)이 대로의 정류장에서 버스를 타고 귀가하는 장면으로 이어진다.

〈사진 1〉 승혜의 퇴근길 지하철 역구내 장면　　〈사진 2〉 귀가하는 승혜의 골목길 장면

버스에서 내린 '승혜'는 가로등이 희미하게 켜진 어두침침한 동네 골목길을 누가 뒤따라오는 사람은 없는지 불안한 기색으로 조심스럽게 살피면서 걸어서 자신의 집인 오피스텔에 도착한다. 영화의 도입부를 이루고 있는 이 퇴근길 장면에서 저절로 떠오르는 것은 익숙하다 못해 '권태롭다'고 말해야 정확할 만큼 매일 똑같이 반복되는 우리 삶의 시간과 장소들이다.

그러나 도입부의 이 짧은 평화로움은 곧바로 이어지는 돌발적인 장면에 의해 갑자기 깨지면서 영화는 공포 스릴러물로서의 진면목을 처음부터 드러낸다. 퇴근길의 '승혜'는 오피스텔에 도착하여 자신의 집 도어락을 카드키로 열고 들어간다. 어둠에 휩싸여 있는 실내의 정적 속에서 도어가 다시 잠기는 삐~하는 신호음이 울리고 여자가 실내등 스위치를 눌러도 이상하게 불은 켜지지 않는다.

'승혜'가 핸드폰 플래시에 의지해서 열려 있는 옷장을 살피는 사이 뒤에서 불쑥 나타난 사람의 그림자가 그녀를 덮치고 영화의 장면은 현관 출입문을 응시하는 카메라의 시점으로 바뀐다. 실내에서 현관 출입문을 열고 닫고자 서로 다툼을 벌이는 듯한 쿵쿵거리는 소음이 들리면서 도어락 손잡이가 아래 위로 급박하게 움직인 뒤에 키패드가 켜지고 잠금을 표시하는 녹색불이 들어온다.

영화 〈도어락〉의 도입부에서 도어락이 정상적으로 '잠겼음'을 표시하는 녹색등의 켜짐은 정말 '안전'을 의미하는 것인가. 이렇게 영화는 일상에 젖어 있는 관객들에게 질문을 던지면서 우리들을 친숙한 일상의 너머에 있는 낯선 공간과 장소들, 불안과 공포가 떠돌고 있는 불편한 세계의 입구로 인도한다. 〈도어락〉에서 번호키로 작동하는 도어락, 그러니까 이 현대식 '문'은 이야기의 중심 소재이자 영화의 메시지를 함축하고 있는 중요한 상징 중의 하나이다.

일반적으로 집이라는 건축물을 구성하는 한 가지 요소로서 문이란, 거주공간을 바깥쪽과 안쪽으로 분리함으로써 내부에 거주하는 자의 자유와 안전을 보장하는 기능을 한다. 그렇지만 〈도어락〉에서 오피스텔의 출입문이 정상적으로 열리고 닫힐 때 들리는 도어락의 경쾌한 신호음은 우리의 내면에 잠재하고 있는 모종의 불안감과 두려움을 환기시키면서 우리의 일상적 삶이 미지의 위협에 둘러싸여 있다는 안전에 대한 경고로 작동하고 있다.

영화 〈도어락〉이 장르물의 한계를 넘어서는 어떤 사회적 메시지를 전달하고 있다면 그것은 이야기 전편을 지배하고 있는 불안과 공포의 어두운 분위기가 인간적 삶의 근원을 이루는 '거주'의 문제, '집'에서 야기되고 있기 때문이다.

〈도어락〉은 이 '집'이라는 거소와 그 공간을 외부로부터 분리하거나 연결시켜 주는 '문'이라는 장치를 통해 오늘날 우리가 살아가고 있는 도시의 평범한 일상과 개인의 삶의 배후에 드리워진 사회적 위기의 징후와 증상을 장르물의 문법을 빌어 충격적인 방식으로 제시하고 있는 경우이다.

그런 점에서 〈도어락〉은 공포 스릴러물인 동시에 지금 우리가 살아가고 있는 사회 현실과 개인의 삶에 대한 보고서이기도 하다.

2. 오피스텔, 불안한 꿈을 꾸는 개인의 밀실

〈도어락〉의 주인공은 오피스텔에 혼자 살고 있는 미혼의 젊은 여성 '조경민'(공효진 분)이다. 한 여성이 자신의 집에서 피습당하는 충격적인 도입부에 이어 펼쳐지는 본편 이야기의 시작은 주인공 '경민'의 침대에서 함께 밤을 보낸 한 남자가 알람 소리에 먼저 깨어나 조용히 나가는 장면이다.

지난 밤, 집에 몰래 숨어 들어온 미지의 남자가 그녀에게 마취제를 사용하여 잠재웠다는 사실을 전혀 알지 못하는 경민은 출근 준비를 한다. 계약직 사원으로 은행에서 일하는 '경민'은 집을 나서던 중 오피스텔 출입문의 도어락 덮개가 열려 있는 것을 발견하고 비밀번호를 변경하기도 한다.

그날 밤, '경민'은 잠들기 전 문 밖에서 들리는 도어락의 키패드를 누르는 삐~하는 소리를 듣고 불안감에 다음 날 경찰을 부르지만 대수롭지 않은 일로 처리되고 만다. 얼마 뒤, 승용차에 놓고 내린 그녀의 지갑을 전해주기 위해 경민의 '집'으로 찾아온 직장 상사 김 과장이 오피스텔에서 살해당하는 사건이 연이어 일어난다. 이러한 충격적인 사건이 연속되자 '경민'은 자신이 알 수 없는 위험에 직면해 있음을 직감하고 두려움 속에서 직접 사건의 한복판에 뛰어들게 됨으로써 이야기는 본격화한다.

〈사진 3〉 영화 도입부의 오피스텔 외관 조감 장면   〈사진 4〉 오피스텔 장면 실제 촬영지 대선월드피아

영화의 전반부에서 불안하고 공포스런 분위기를 조성해 나가는 사건의 주요 무대는 주인공이 거주하고 있는 오피스텔이다. '경민'은 직장 후배 '강효주'와 대화하는 자리에서 최근 누군가 자신의 집 도어락을 열고자 했던 무서운 경험을 이야기하던 중에 불안한 어투로 "오피스텔은 좀 나을 줄 알고 이사갔는데……"라고 혼잣말을 한다.

'경민'이 오피스텔로 이사한 이유 중의 하나는 그곳이 더 '안전'할 것이라는 생각이었다. 그러나 이러한 주인공의 기대와는 다르게, 연속되는 사건의 충격 속에서 오피스텔은 거주자의 안전을 보장할 수 없는 위험한 공간으로 대두하고 있다.

주인공 '경민'이 거주하고 있는 오피스텔이라는 공간은 1980년대 무렵, 우리 사회에 처음 등장한 새로운 형태의 건축물이다. 영화 전반부의 주요 사건들이 전개되는 무대인 오피스텔 장면은 경기도 시흥시 도창동에 있는 '대선 월드피아'(경기도 시흥시 매화로 153)라는 오피스텔 건물에서 촬영되었다. 대선월드피아는 2004년에 준공된 10층짜리 단일 건물로서 198세대가 입주해서 살아가고 있는 주상복합형 오피스텔이다.

대선월드피아는 논밭과 공장이 혼재한 도심의 교외 지역에 위치해 있다. 인근에는 대선월드피아가 건축되기 이전인 1997년 준공된 시흥 에이스 1차 아파트와 매화동금강 2차 아파트가 자리잡고 있으며 다른 소규모 서민 아파트와 맨션, 빌라 등이 들어서 있다. 대선월드피아가 위치한 도창동은 도농 복합적인 성격을 가진 전형적인 교외 지역 서민 거주지 중의 한 곳으로 볼 수 있다. 이 지역에서 대선월드피아라는 오피스텔은 가족 단위생활 주거공간인 아파트가 제공할 수 없는 다양한 공간 용도와 수요를 충족시키고 있는 건물이다.

오피스텔이라는 공간의 특성은 오피스office와 호텔hotel을 합성한 명칭에 드러나 있듯이 업무와 거주라는 두 가지 용도를 가진 '사무실'이자 '집'이라는 데 있다. 법적 규정에 있어서도, 순수한 거주를 목적으로 한 아파트 같은 공동주거 시설이 '주택법'의 적용을 받는 데 비해 오피스텔은 용도상 업무 시설로 구분되는 준주택으로 '건축법'의 적용을 받는다.

이러한 성격의 오피스텔 공간은 그동안 주거 및 투자의 목적으로 다양한 형태로 발전해왔다. 중요한 것은 아파트와 같은 공동주택의 한 형태로서 이런 소형 오피스텔이 도시에서 살아가는 1인 가구에 적합한 여러 가지 편의성을 갖추고 있다는 점이다. 대도시의 오피스텔은 대체로 지하철이나 시내버스 노선과 가까운 도심 주변에 위치해 있고, 입주와 관리의 측면에서 비용이 적게 들며, 무엇보다 개인적인 삶의 독립성이 보장되는 공간으로 여겨지고 있다.

인간적 삶의 근원은 특정 장소에 뿌리를 내리고 살아가는 '거주'에서 비롯된다. 거주를 통해 인간은 휴식과 안정을 얻고 생명력을 회복하여 나날의 삶을 살 수 있으며, 바로 그런 거주의 이념을 담지하고 있는 공간을 우리는 '집'이라고 부른다. 거주의 장소로서의 집은 외부로부터 분리된 내부 공간으로서의 성격을 가진다. 거주의 목적을 실현하기 위해 집은 언제나 외부의 위협적인 요소들로부터 보호받는 안전한 공간이어야 하기 때문이다.

〈도어락〉의 주인공이 거주하는 오피스텔 또한 외부로부터 분리된 집과 같은 내부 공간으로서의 성격을 완벽하게 가지고 있다. 24시간 작동하는 감시카메라와 열쇠 없이도 정확하게 열리고 닫히는 도어락이라는 현대적 차단 장치를 갖추고 있는 '경민'의 오피스텔은 휴식과 회복이라는 거주의 목적을 용이하게 실현하고, 개인의 자유와 독립성까지 보장할 수 있는 이상적인 집처럼 보인다.

그러나 이 영화의 사건 전개 과정이 말해주고 있듯이 오피스텔을 감시하는 보안시스템은 신뢰할 수 없고, 현관 출입문의 도어락 또한 누군가에 의해 쉽게 열릴 수 있다. 이 사실을 깨닫게 된 순간, 주인공 '경민'의 막연한 불안은 걷잡을 수 없는 공포감으로 바뀐다.

결국 오피스텔은 '안전'을 담보할 수 없다는 점에서 좋은 집이 아닌 것으로 판명되면서 '경민'은 이사를 결심하고 새로운 집을 찾아 나선다. 그렇지만 여기서 거주공간으로서의 집이 가진 궁극적 의미를 강조하자면 공간의 안전을 담보하는 기술이나 시스템의 한계는 부수적인 문제일 수 있다.

〈도어락〉에 등장하는 주인공 '경민'의 오피스텔이 거주의 목적에 미달하는 '불안정한 집'인 것은 그 공간이 가진 폐쇄적 성격과 깊이 연루되어 있다. 집은 들어와서 잠글 뿐만 아니라 열고 나가야 하는 공간이다. 왜냐하면 집은 외부를 이루는 끝없는 길과 사람들로 넘치는 거리에 이어져 있는 '세계'라는 무한한 공간의 일부이기 때문이다.

이렇게 '집'을 중심으로 공간을 분리하고 결합하기 위해 발명된 것이 '문'이라는 장치이다. 그 집에서 살고 있는 거주자로서 개인의 독립성이란 필요할 때마다 언제든지 문을 열고 '밖'으로 나가거나 '안'으로 들어와 그 문을 잠글 수 있는 자유를 의미한다. 그러나 〈도어락〉의 오피스텔은 외부 세계를 향해 잘 열리지 않는 '닫혀 있는 집'으로 나타나고 있다. 그 집의 거주자인 '경민'의 생존 자체가 그 문을 닫고 걸어 잠그는 일에 달려 있기 때문이다.

〈사진 5〉 승혜가 오피스텔 로비에서 승강기를 기다리는 장면   〈사진 6〉 경민이 오피스텔 복도를 응시하는 장면

〈도어락〉에 등장하는 오피스텔은 세계로부터 스스로 떨어져 나온 개인이 자신의 생존을 유지해 나가는 밀실과도 같은 공간이다. 오피스텔의 넓은 로비와 긴 복도는 늘 비어 있고 적막하다. 입주자들은 옆집에 누가 살고 있는지 무관심할 뿐만 아니라 이웃과의 마주침을 극도로 기피한다.

오피스텔의 이러한 공간적 분위기는 감옥 이미지를 떠올리게 만든다. 만약 거주자가 도어락을 열고 밖으로 나올 수 없다면 주인공이 거주하는 오피스텔은 진짜 감옥과 다르지 않을 것이다. 참다운 거주 공간으로서 집의 이념은 언제든지 문을 열거나 잠글 수 있는 거주자의 내적 자유에 의해 실현될 수 있다. 〈도어락〉의 주인공 '경민'은 모종의 위협적인 힘에 의해 이 문을 열고 닫을 수 있는 내면의 자율성을 잃어버린 개인이고 이런 자유의 상실은 도시공동체 내부의 위기에 대한 징후를 드러내고 있는 것으로 볼 수 있다.

개인의 내면적 삶과 외부 세계를 연결하는 고리가 약해지면서 서로 적대하기까지 하는 사회적 상황 속에서 거주의 이념에 충실한 원래의 '집'이라는 공간은 이제 더 이상 존재할 수 없을지도 모른다. '경민'의 오피스텔처럼 오늘날의 집은 편의와 경제적 이익같은 다른 가치에 따라 언제든지 새로 구할 수 있는 임시 숙소같은 공간일 뿐이기 때문이다.

3. 도시, 보이지 않는 또 하나의 거대한 집

〈도어락〉의 무대는 거대도시 '서울'이라는 공간이다. 그러나 이 영화가 재현하고 있는 서울의 모습은 우리가 흔히 떠올리는 스펙타클하고 화려한 대도시 이미지와는 거리를 두고 있다. 이야기의 주인공 '경민'은 한강 이남의 인구밀집 지역 중 한 곳인 '봉천동'에 살고 있다. '경민'이 봉천동에 산다는 사실은 은행에 찾아온 '기정'과의 대화 과정에서 제시되고 있다.

이 영화는 '경민'의 거주지인 봉천동의 오피스텔을 중심으로 그녀

〈사진 7〉 영화 전반부의 도시 조감 장면

가 일하는 은행과 편의점, 범죄자 '한동훈'이 숨어사는 철거예정 지역의 공가(빈집) 등 한정된 몇 개의 장소를 이야기의 주요 무대로 삼고 있다. 〈도어락〉이 보여주고자 하는 서울이라는 도시공간의 성격은 이야기가 시작되는 첫 장면에 함축되어 있다.

〈도어락〉의 줄거리는 아직 어둠이 걷히지 않은 여명의 도시를 조감

〈사진 8〉 1980년대 봉천동 모습

〈사진 9〉 2000년대 봉천동 모습

하는 장면에서 시작된다. 이 장면에서 카메라의 넓은 시야를 가득 채우고 있는 것은 숨이 막힐 듯이 **빽빽하게** 조성되어 있는 도시 거주지의 모습이다.

주택가 주변으로 여기저기 크고 작은 빌딩과 아파트들이 불규칙하게 들어서 있는 이 풍경은 전형적인 도시 서민의 거주 지역을 담고 있다. 여기서 화면은 천천히 지상을 향해 하강하면서 '경민'의 오피스텔 침실을 비추는 화면에서 멈추고 이로부터 한 여성이 주인공으로 등장하는 '봉천동 이야기'가 시작된다.

영화 〈도어락〉이 보여주고 있는 것은 매혹과 선망의 대상으로서의 거대도시 서울이 아니라 봉천동으로 대변되는 서울이다. 한강 이남에 위치한 봉천동은 과거 '달동네'로 유명했다.

한강대교를 건너 과천·시흥 일대로 연결되는 이 지역 일대에는 과거 자연부락의 형태로 마을이 형성되어 있었지만, 1963년 서울시에 편입되고 1970년대 이후 산업화와 도시확장이 이루어지는 과정에서 인구가 크게 늘어나면서 대규모 서민 거주 지역으로 변모했다. 서울의 대표적인 도시재개발 지정구역 중의 한 곳이기도 한 봉천동에서는 마을 이름이 달동네라는 낙후된 이미지를 불러일으킨다며 동명을 바꿀 것을 요구하는 주민 의견이 거세게 일어나 실제로 행정동명을 일시에 교체하는 일이 벌어지기도 했다.[1]

〈도어락〉이 재현하고 있는 도시 공간 서울은 차갑고 무거운 분위기의 회색빛 이미지를 띠고 있다. 영화의 주인공 '경민'은 오피스텔 문을 열고 나가면 무수한 길과 거리를 따라 서울 어느 곳이든지 자유롭게 도달할 수 있지만 카메라의 시선은 주로 출퇴근 시간대의 지하철 역

---

[1] 정지섭, 「봉천동·신림동, 역사 속으로」, 『조선일보』, 2008.04.15.

과 버스 정류장이 있는 거리들, 그리고 그 장소들을 채우고 있는 무표정한 도시 군중을 비추고 있다. 영화에 등장하는 도시의 수많은 '길' 또한 공간과 장소를 열고 이어주는 역할을 하지 못하고 있다. '승혜'나 '경민'의 어두운 귀갓길이 그러하듯이 그 길들은 어둠에 덮여 있어 그 너머의 바깥 세계로 사람들을 인도하지 못한다. 이야기 전반에서 서울이라는 도시 공간은 몇 가지 기능에 의해 작동하는 기계처럼 묘사되고 있다.

도시의 대두를 일찍이 예견하고 연구했던 벤야민이 파악한 것처럼 대도시는 다양한 요소와 가치들이 혼재하는 미지의 복합체이고 자신만의 신화를 거느리고 있는 마술환등^{phantasmagoria} 같은 공간이다.

사람들은 도시가 보여주는 마술환등적 이미지에 매혹되어 도시에서의 삶을 꿈꾸지만 그 너머에는 미지의 불확실성이 기다리고 있다. 새로운 것과 낡은 것, 선한 것과 악한 것이 뒤섞여 있는 대도시가 이중적이고 양가적인 감정을 불러일으키는 공간이라면, 〈도어락〉이 그려내고 있는 서울이라는 도시공간의 성격은 아름답고 쾌적하며 희망적이기보다는 어딘지 어둡고 불편하며 우울한 것으로 그 자신을 드러내고 있다.

'거주한다'는 것이 특정 장소를 '집'으로 삼아 그 장소의 내부에 뿌리를 내리고 그곳에 귀속되어 살아감을 의미한다면 도시 거주민에게 있어서 도시라는 공간은 또 하나의 거대한 집인 셈이다. 〈도어락〉에서 서울이라는 거대한 집의 형체는 희미하게 그려지고 있으며 귀속감을 잃어버린 인물들은 추상적 공간 속에서 무한정 떠다니고 있는듯한 느낌을 주고 있다.

이 영화에서는 이야기의 무대가 서울이라는 사실을 드러내 주는 랜드마크 같은 것을 거의 찾아볼 수 없는데 예외적인 한 장면이 영화

후반부에 등장한다. 그것은 서울의 지하철이 희뿌연 아침 공기를 뚫고 한강을 가로질러 달려가는 인상적인 장면이다. 여러 대의 타워크레인 사이로 여의도의 63빌딩이 솟아 있는 이런 도시 풍경은 인간과 유리되어 있는 기계 공간의 이미지를 자연스럽게 떠올리게 만든다.

〈사진 10〉 후반부에 등장하는 서울의 모습

〈사진 11〉 경민이 살고 있는 동네의 편의점

〈도어락〉의 무대인 거대도시 서울은 '무정'하다. 이런 도시에서 이사를 거듭하는 '경민'의 삶은 참다운 거주의 본질인 장소 찾기와 뿌리 내리기의 불가능성을 보여주고 있다. 무한정과 추상성을 본질로 삼고 있는 대도시의 공간적 정체성은 거주민들의 장소애 부재를 의미하는 것이기도 하다.

〈도어락〉에 등장하는 철거 지역은 이 장소로부터의 소외된 삶의 양상을 보여주고 있다. 거주민들이 떠나고 폐허가 되어 버린 이 마을이 위치한 곳도 봉천동이라고 볼 수 있는데 '경민'이 살고 있는 동네의 편의점에서 사건 내막에 대한 '경민'과 '효주'의 추적이 시작되기 때문이다.

범죄자 '동훈'이 엽기적인 행각을 벌이는 공포의 현장이기도 한 봉천동의 철거 예정 마을은 대도시가 숨기고 있는 또 다른 얼굴을 드러내 준다.

〈사진 12〉 철거예정마을에서 경민이 동훈을 피해   〈사진 13〉 영화에 등장하는 철거예정 마을
도망가는 장면

철거지역의 모든 집에는 '공가'라는 글자와 붉은 가위표가 그려져 있다. 한때는 사람들로 북적이던 마을의 수많은 집과 골목길들은 용도 폐기되어 사라질 시간을 기다리고 있다. 거주민들이 모두 떠나버린 이 빈집들은 인간과의 유대감을 잃어버린 장소의 운명을 상징적으로 보여주고 있다. 인간 앞에서 낯선 곳으로 변해 버린 그 장소들은 언젠가 버려지고 마침내 폐기될 수밖에 없다.

영화 〈도어락〉은 이 장소로부터의 소외에서 비롯되는 인간의 불안감을 잘 활용하고 있는 경우이다. 악마 같은 범죄자 '동훈'은 거주라는 삶의 근원적인 뿌리를 애초에 상실한 자이고, 사람들이 떠나고 버려진 집들은 그가 살아갈 수 있는 최적의 공간이다.

〈도어락〉에서 도시의 평범한 시민 '경민'과 악마 같은 범죄자 '동훈'이 서로 쫓고 쫓기는 현장인 철거 지대는 장소 없는 공간으로 점점 변해가는 도시의 미래를 떠올리게 한다. 도시에서 벌어지는 공간의 재개발과 이를 위한 철거 사업은 거주의 오래된 이상이 퇴조하고 있는 양상을 말해주는 것이기도 하다.

거주의 본래 목적과는 다르게 오늘날의 장소는 다른 어떤 쓸모에 의해 간단하게 폐기되어 새로운 용도의 공간으로 구축되어야 한다. 아파트라는 거주공간, 새로운 집의 탄생과 확산은 이러한 국면을 가장 잘 대변하고 있다.

장소애라고 부르는 인간과의 유대감에 의해 만들어지고 유지되었던 장소의 의미는 이제 교환되거나 대체 가능한 공간의 개념으로 바뀌고 말았다. 우리는 이제 거주의 문제와 집의 의미를 전통에 기대어 생각하지 않는다. 지금 중요한 것은 그 거주공간의 규모와 여러 가지 편의성, 투자 가치들이다.

이 영화 속에는 우리가 살아가고 있는 현대 도시의 미래와 관련하여 매우 인상적인 장면이 등장한다. 그것은 심야 도시의 어둠 속에서 환하게 불을 밝히고 있는 편의점의 모습이다. 어둠 속에서 불을 밝히고 손님을 기다리는 편의점은 도시의 섬이면서 등대와도 같다. 사건 전개 과정에서 범죄의 피해자로서의 '경민'과 가해자로서의 '동훈'이 대면하는 장소도 이 편의점이다. 도시의 편의점은 합리성과 효율이라는 기능에 따라 24시간 내내 문을 열고 있는 도시인의 친근한 장소, 새로운 집이다.

그러나 편의점의 불빛이 미치지 못하는 광활한 도시공간의 저 너머에서는 인간의 그림자를 찾을 수 없고 이때 서울이라는 거대도시의 정체는 장소의 의미를 잃어버린 '장소 없는 장소', 무장소성으로 자신을 드러낸다. 이 장소 없는 장소의 역설, 무장소성의 이미지는 이야기 후반부에 '김 형사'가 납치된 '경민'을 구하기 위해 어두운 교외 지역으로 차를 몰아 달려가는 대목에서 다시 묘사되고 있다.

주인공 '경민'이 갇혀 있는 폐업한 호텔 건물은 인적도 없는 교외의 변두리에 괴물처럼 서 있다. 이 대목에서 〈도어락〉은 인간이 장소와 맺고 있는 관계를 다시 한 번 상기시킨다. 장소로부터 소외된 삶은 인간과 사회의 근간을 천천히 붕괴시켜 나갈지도 모른다. 인간의 접근을 거부하는 낯선 폐허에서 살아가는 악마나 괴물의 출현은 그런 사회병리학의 은밀한 증상적 표현이다.

4. 장소로부터 해방된 삶과 거주의 미래

〈도어락〉이 공포 스릴러라는 단순한 장르물로 소비될 수 없는 이유
는 이 영화가 현재 우리 사회의 현실을 생생하게 반영하고 있기 때문
이다. 〈도어락〉은 미혼의 독신 여성 주인공이 겪는 심각한 범죄행위
를 중심 소재로 삼고 있다.

이야기의 주인공인 '경민'이라는 여성 인물은 스토커 범죄와 물리
적 폭력에 취약한 우리 사회의 약자를 대표한다. 오피스텔이나 원룸,
아파트 같은 거주공간에서 혼자 살고 있는 여성에 대한 스토커 범죄
는 우리 주변에서 흔히 일어나는 사건이다.

혼자 사는 1인 가구 여성은 다인 가구에 비해 상대적으로 범죄에
취약하며, 실제로 1인 가구 여성들은 성폭력을 중심으로 주거침입과
스토킹 등에 대한 큰 두려움을 가지고 있다는 조사보고서도 나와 있
다.[2] 여성에 대한 스토킹 범죄는 TV나 신문의 뉴스를 통해 쉽게 접하
지만 영화에서처럼 남성 가해자가 악마적인 폭력성을 드러내는 사건
은 흔하지 않은 경우이다.

이 영화가 범죄에 취약한 독신 여성의 문제에 대한 보고서 이상의
사회적 메시지를 담고 있다면 그것은 주인공의 불안과 공포를 야기하
는 현장인 '집'의 근원적 의미, 거주의 문제에 대한 질문을 던지고
있기 때문이다.

〈도어락〉은 우리 삶의 근원을 이루는 '집'의 평화를 **빼앗아** 버리면
그 집 주인의 내면은 필연적으로 붕괴될 수밖에 없다[3]는 진리를 드러

---

[2] 김다은·이창한, 「여성 가구 형태별 범죄 두려움에 대한 분석」, 『한국범죄심리연구』 13(2),
   한국범죄심리학회, 2017, 25쪽.
[3] 오토 프리드리히 볼노, 이기숙 엮음, 『인간과 공간』, 에코리브르, 2014, 177쪽.

내고 있는 영화이다.

　동서고금을 막론하고 거주의 본질을 담지하고 있는 집의 형상은 그곳에 깃들어 살아가는 인간과 공동체의 상황을 시사하고 있다. 거주를 위한 장소의 발견은 어떤 공간을 낯익고 친숙한 곳으로 만들어나가는 인간의 사랑에서 비롯되는 것으로 그런 장소애로부터 인간은 '집'을 짓고 '고향'을 가꾸며 '조국'을 건설했다. 거주한다는 것은 그 장소와 인간 공동체의 분리될 수 없음을 의미한다.

　그러나 오늘날의 우리 모두는 그런 의미의 거주와 장소로부터 해방된 자유로운 삶을 누리고 있다. 이 장소의 구속으로부터 해방된 삶은 유목민의 삶을 누릴 자유를 가져왔지만 동시에 알 수 없는 불안과 공포를 그 대가로 지불한 결과라는 사실을 기억해햐 한다.

　〈도어락〉에서 불안과 공포는 외부를 향해 열리기를 거부하는 집과 문의 상황에서 비롯되고 있다. 거주 장소로서 인간의 집은 바깥 세계에 대해 단단히 닫힐 뿐만 아니라 필요할 때 잘 열려야 한다. 이야기 속에 등장하는 주인공의 거주지인 오피스텔은 집 주인이 스스로 빗장을 단단히 지르고 자신을 유폐시키는 감옥과도 같은 공간이다.

　오늘날의 우리 삶을 대변하는 오피스텔이라는 새로운 집은 낯선 자 속에 섞여 있는 정다운 손님을 향해 열리지 않으며 궁극적으로는 무수한 길과 사람들로 연결되는 세계로부터 소외되어 있다. 제대로 작동하지 않는 '문'을 가진 불안한 '집'에서 살아가는 1인 가구 여성 주인공의 공포를 다루고 있는 〈도어락〉은 어떤 장소에 깊이 뿌리를 내리고 살아가는 거주로서의 삶과 그것을 실현하기 위해 만들어진 집이 가진 의미에 대해 다시 생각하게 만들고 있다.

아파트 공간의 익명성과 윤리의 문제

: 〈목격자〉와 파주휴먼시아

이주성(한국소설연구자)

1. 아파트 공간에 투영된 익명성

영화 〈목격자〉는 아파트 단지 내에 벌어진 살인사건이 발단되어 벌어진 이야기이다. 수많은 가구가 사는 아파트 단지 내에서 살인이 벌어졌음에도 누구 하나 신고한 이가 없다. 경찰에 신고가 접수되지 않았다고는 하나 목격자조차 없는 것은 아니다. 주인공 한상훈을 비롯하여 405호 최서연, 403호 조필구는 살해 현장을 목격한 목격자들이다. 범인 송태호는 이들 목격자를 차례대로 하나씩 죽여 목격자들을 제거하기 시작한다. 타깃이 된 한상훈은 범인에게서 자신과 자신 가족들의 신변을 보호하기 위해 노력하며, 범인으로부터 생존하기 위한 처절한 투쟁을 보여준다.

영화의 간략한 소개에서 보듯 한상훈이 겪게 되는 모든 일의 발단은 아파트 한가운데서 벌어진 살인사건을 침묵한 것에서 비롯된다. 이는 비단 한상훈만이 보인 행동이 아니며 모든 거주민 역시 경찰에 협조하지 않음으로써 침묵하였다. 이들이 침묵하는 이유에는 각자의 사정마다 조금씩 다를 수 있으나, 대부분은 집값에 대한 우려에서 비롯된다고 볼 수 있다. 다만 한상훈과 같이 사건을 직접 직관한 목격자들은 단순 집값에 대한 걱정만 있지 않았을 것이다. 그들이 사건을 목격하고도 신고하지 못했던 이유에 대해 조규장 감독은 '키티 제노비스 사건'을 언급[1]한다.

이 사건은 1964년 키티 제노비스라는 여성이 강도 윈스턴 모즐리에게 약 35분 동안 3번에 걸쳐 칼에 찔려가며 비명 지르면서 피해 다니며 몸부림쳤지만 결국 죽음을 피하지 못했으며, 목격자 38명 모두 아무런 행동도 취하지 않았다는 것에서 사회적 이슈였으며, 논란이 되었던 사건이다.[2] 영화 〈목격자〉도 이와 유사한 구도의 사건이 벌어진다. 그러나 이 사건이 모티프가 되어 제작된 영화는 아니다. 감독은 어린 시절 꾸었던 꿈에서 혼자 아파트에 있는데 살인사건이 벌어졌음에도 현관문부터 잠갔으나 정작 신고는 하지 못했다며, 자신의 꿈에서 기인한 이야기임을 밝히고 있다.

범죄 사건을 목격하였음에도 신고로 이어지지 못했다는 점에서 〈목격자〉와 제노비스 사건은 유사한 면모를 보인다. 그러나 두 사건에는 결정적으로 다른 지점이 있다. 목격자가 많은 만큼 어려움에 부닥친 사람을 돕지 않게 되는 현상을 '제노비스 신드롬Genovese syndrome'

---

1) 이화주, 「〈목격자〉 조규장 감독: 누구에게나 있을 수 있는 가정법이 공포가 되다」, 『씨네21』, 2018.08.16. http://m.cine21.com/news/view/?mag_id=90931(검색일: 2022년 6월 24일)
2) 40년 후인 2007년 『아메리칸 사이칼로지스트(American Psychologist)』에서 언론의 보도된 내용들이 과장되었던 사실을 밝혔다.

또는 '방관자 효과bystander effect, bystander apathy'라고 한다. 이는 내가 아니어도 다른 사람이 신고하겠지, 다른 사람이 나 대신 뭔가 하겠지라는 생각에서 비롯된다.

하지만 〈목격자〉에서 한상훈은 자신 이외에 다른 사람이 목격했는지를 확인할 길이 없다. 아파트 단지 내에서 벌어졌다고 모두가 볼 수 있는 건 아니다. 게다가 한상훈이 범인의 살인 장면을 목격한 시각은 새벽인데, 본인 외에 누가 봤으리라 생각할 수 있겠는가. 또한 한상훈은 살인 현장을 목격한 직후 경찰에 바로 신고하려는 행동을 취하기도 했다. 방관자 효과가 발휘하려면 목격자가 많을수록 크게 작용하는 것인데, 이 영화에서는 그러한 방관자 효과를 기대하기란 어려워 보인다.

이와 별개로 결국 한상훈은 경찰에 신고하지 않는다. 갑작스럽게 켜진 집안의 형광등이 범인의 주의를 끌지만, 한상훈은 범인의 눈과 마주치지 않는다. 단지 범인이 찾아올지 모른다는 공포감에 사로잡혀 야구방망이를 들고 문 앞을 지킬 뿐이다. 범인은 끝내 찾아오지 않았음에도 그는 경찰에 신고하지 않는다. 한상훈의 이러한 행동은 감독이 어릴 적 꾸었던 꿈에서 기인한 행동 같아 보인다.

그러나 관객은 이러한 사실을 알 수 없으며, 감독의 이야기를 떼어놓고 보면 그의 행동은 이해하기 어렵다. 시간을 통해 안전이 확보된 것을 확인했음에도, 경찰에 신고하지 않기 때문이다. 사람은 소라나 고동이 아니다. 영원히 집 안에서 생활할 수 없으며, 집을 이고 살 수도 없다. 찾아오지 않는 범인으로 인해 현재가 안전하다고 해도 미래에까지 안전하다고 확신하기 어렵기 때문이다. 그래서 그의 이러한 행동은 의문을 자아내지만, 달리 생각해 본다면 그가 신고하지 않았던 것은 바로 아파트가 지닌 익명성 때문이 아닌가 싶다.

아파트에서는 다세대주택과는 비교도 안 되는 수많은 세대수와 서로 간의 무관심이 가져다주는 익명성이 개개인을 감추어준다. 똑같은 구조로 된 공간 사이에서 관심을 주지 않는다면 옆집에 누가 사는지 조차 모르는 것이 현실이다. 또 이웃을 만나더라도 자신을 수식하는 수많은 정보 가운데 동·호수를 밝혀 자신을 개체화하지 않는다면 여전히 그 사람이 어디에 사는지 알 수 없다. 이 때문에 영화에서도 인물들이 이웃과 마주했을 때 자신을 이름으로 소개하지 않고 호수를 통해 자신을 드러내고 있다는 것을 확인할 수 있다.

> 이상훈: "6층 살아요. 얼마 전에 이사 왔어요. 놀라지 마시라고 다음에
> 만나면."(8분 1초~8초)
> 최서연: "405호인데요, 며칠 전 밤에 엘리베이터에서…"(46분 22초~24초)
> 한상훈: "야, 너 아저씨 몰라? 지난번에서 아파트에서 봤잖아. 606호."
> 조필규: "아 606호 403호 살아요."(1시간 7분 20초~29초)

또한 이같이 〈목격자〉 속 등장인물들을 통해서도 확인할 수 있지만, 카메라 워크를 통해서도 인물이 아파트 익명성 속으로 숨어들게 되는 장면이 드러난다.

〈사진 1〉

〈사진 2〉

위의 사진은 범인의 침입을 대비한 한상훈이 시간이 흘러도 범인의 침입이 없자 방으로 들어가는 장면이다. 카메라는 렌즈를 응시하는 듯한 한상훈에게서 점차 멀어지는데, 〈사진 2〉에서처럼 같은 모양의 창문들이 보이는 아파트 외부까지 멀어진다. 각각의 창문들은 모두 다른 가구의 사람들이 사는 공간이다. 어느새 그의 공간은 수많은 가구 사이로 사라져 버린다. 실제로 한상훈의 공간은 어느새 이웃들 사이로 숨어 들어간 듯한 느낌을 준다. 이처럼 아파트 익명성에 숨어 든 듯한 느낌은 한상훈에게 가족들이 보호받을 수 있으리란 생각이 들게 만든다.

이처럼 아파트란 공간은 수많은 가구 속에서 자신이 드러나지 않음으로써 보호받을 수 있다고 생각하게 만든다. 또 이 드러나지 않음은 경찰에 신고하는 행위 자체를 저지하게 만든다. 똑같은 형태들이 모여 있어 정확한 위치를 알지 못하면 상대방을 찾아가기 어려운 것이 아파트 공간이다. 그러나 익명성 속으로 숨을 수 있는 아파트 공간의 또 다른 특성은 개별 공간이 구획화되어 있다는 것이다. 이 때문에 아이러니하게도 찾고자 하는 공간이 쉽게 특정되기도 한다는 것이다. 즉 범인 송태호에게 특정된 목격자는 다음 살해 대상이 될 뿐이다.

2. 익명성으로는 보호받을 수 없는 개인의 생존

목격자들이 사건 현장을 목격했을 때, 범인도 목격자들을 목격한다. 이때 송태호가 그들의 얼굴을 보았다는 말이 아니다. 단지 목격자들의 공간을 목격했으며, 정확한 위치를 확인하기 위해 그는 층수를 센다. 범인의 이 층수를 세는 행위는 대상을 특정시키는 효과를 가져온다.

이로 인해 목격자들은 수많은 아파트 공간들 속에 숨을 수 없게 된다. 그러나 송태호는 목격자들을 바로 찾아가지 않는다. 송태호의 이러한 행동은 목격자들에게 안전을 확보하였다는 착각을 하게 만든다.

〈사진 3〉

〈사진 4〉

날이 밝은 아침 사건 현장은 피해자 여성의 피만 남아 있다. 아파트 단지 한복판에서 벌어진 사건임에도 신고하나 들어오지 않았다는 말에 장재엽 형사는 주위를 둘러본다. 그의 시선은 살인사건이 벌어졌음에도 어떻게 신고가 들어오지 않았는지에 대한 의문의 눈초리이다. 위의 사진처럼 그의 시선에 의해 아파트는 하나의 거대한 공간 덩어리이자 생명체가 되어 버린다. 베란다와 복도 창문 너머로 내민 주민들의 얼굴은 눈알이 되어 단지 내부에 생긴 사건을 걱정스럽게 주시할 뿐이다. 희생된 피해자에 대한 걱정이 아닌 아파트값에 대한 걱정으로 말이다.

사건 현장에는 형사 이외에도 주민들과 함께 한상훈도 자리하고 있었다. 그도 사건 현장을 살피면서 장재엽 형사와 마찬가지로 아파트를 쳐다본다. 그러나 그 시선은 형사의 것과는 다르다. 그의 시선은 자신의 공간이 사건 현장에서 얼마나 잘 보이는지, 또 수많은 가구 속으로 잘 숨어들었는지 걱정이 담겨 있다. 그의 시선은 아파트란 공간 덩어리가 아닌 개인인 자신의 집에만 향해있다. 자신 집의 위치를 아는 한상훈에게 있어 아파트는 공간 덩어리가 아닌 개인의 공간이기 때문이다.

한상훈이 안전에 대한 의구심이 들기 시작한 계기는 그의 친구가 한 말에서 비롯된다. 피싱 전화를 받은 친구에게 한상훈은 "아니 근데 뭘 전화를 공손하게 받어"라는 질문을 한다. 이에 친구는 "내 번호에 우리 집 주소까지 다 아는데 욕했다가 해코지라도 들어오면"이라 답한다. 친구의 이 대답은 한상훈에게 범인이 내 정보를 알고 있는 것은 아닐까 하는 의문의 씨앗을 남긴다. 그의 의문은 불안감으로 바뀌게 되고, 이 때문에 그의 불안은 유치원에 늦게 찾아가는 아내 진경에게 화를 내는 것으로 표출된다. 또한 그가 다시 한번 신고하기 위한 시도를 하게 만든다.

〈사진 5〉

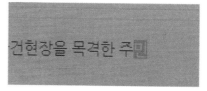

〈사진 6〉

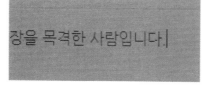

〈사진 7〉

그는 전화나 경찰에 직접 방문을 통한 신고를 하려고 하지 않는다. 그의 공간인 집에서 인터넷 매체의 특성을 이용하여 익명성 속에 자신을 감추면서 신고하려고 한다. 가장 안전해야 할 공간인 집에서조차 사건 현장을 목격하였다는 서술은 조심스럽게 이루어진다. 위 사진들처럼 한상훈은 본인이 작성하는 글에서 '집'과 '주민'이라는 단어를 지워버린다. 이는 자신의 신분을 드러내는 속성을 지니고 있기 때문이다. 두 단어가 삭제된 문장은 중의적인 의미를 담게 된다. 목격한 사람이 아파트 주민인지, 아니면 외부에서 목격한 것인지로 말이다. 그렇게 작성된 글임에도 가족사진을 보면서 "하아 미친 새끼 왜 남의 동네 앞에서……"라고 한탄하며 결국 노트북을 덮어 버린다.

어째서 한상훈은 신고하지 못하는 것일까. 그것은 경찰이 자신의 안위를 확보하지 못하리란 불신에서 비롯된다. 경찰보다 아파트 속에 숨어 있는 것이 가족들의 안위를 지킬 수 있다고 생각한 것이다. 그러면서도 이 신고가 기폭제로 작용하여 오히려 가족의 안위를 본인 스스로 위협하게 하는 꼴이 되리라는 우려에서 그는 신고하지 못하는 것이다.

한상훈이 가족의 안위를 우선시하긴 했지만, 죄책감에서 벗어나 있는 것은 아니었다. 특히 아파트 단지 내에서 벌어진 피해 여성이 2시간가량 생존해 있었다는 뉴스를 본 그는 더더욱 죄책감을 느끼게 된다. 그러나 이내 죄책감은 범인에게 공간이 침범당한 듯한 느낌에 이를 외면하게 만든다. 받으면 끊어지는 의문의 전화, 그리고 갑작스러운 애완견 삐삐의 실종, 이것들이 범인의 소행인지 확인할 수 없음에도 그는 공포감에 사로잡히게 된다.

〈사진 8〉

〈사진 9〉

그 공포감은 더욱 더 자신을 숨기기 위한 행동을 하게 만든다. 삐삐를 찾기 위한 실종전단지이지만, 한상훈은 당혹스러워하며 회수하기 시작한다. 위의 사진처럼 실종전단지에는 자신의 주소와 이름, 전화번호가 담겨 있기 때문이다. 계속해서 자신의 정보를 숨기기 위해 노력했던 그의 입장에서 실종전단지는 그 자체만으로도 자신의 의지와 상반된 상징성을 갖는다.

그가 자신의 정보를 드러내지 않으려고 했던 것은 안전을 위해서이다. 그렇다면 이러한 행위가 개인의 안전을 확보할 수 있다고 믿는 이유는 무엇일까. 그는 도대체 무엇을 믿고 가족의 안전을 지키고자 했던 것일까. 사실 그의 이번 행동을 이해하기는 어렵다. 그러나 여태까지의 그가 한 행위들에는 한 가지 공통지점이 있다. 사건 현장에서 자신의 집을 살핀 것도, 인터넷으로 신고하려는 행위와 그 과정도, 실종전단지를 회수하려는 것 모두 주지하다시피 아파트의 익명성 속으로 숨으려는 행위라는 것이다.

한상훈의 이러한 노력에도 불구하고 그는 익명성 밖으로 드러나게 된다. 송태호가 최서연을 살해하고 흔적을 지우고 있을 때, 때마침 울린 전화벨 소리에 의해 한상훈과 마주하게 되기 때문이다. 그러나 애써 현실을 외면하려는 것인지 한상훈은 목격자로서의 자신을 드러내지 않으려고 한다. 이는 송태호에게서 가족을 지키기 위해서이기도 한데, 그것보다는 경찰에 대한 신용보다 범인에 의한 불완전한 안전을 더 신용하였기 때문이다. 이로 인해 바로 눈앞에 범인이 있는 상황에서 경찰이 찾아왔음에도 그는 목격자임을 완강히 부정한다. 이처럼 가족의 안위를 가장 우선시하였지만, 세 번째로 마주하게 된 사건 현장 앞에서 그는 죄책감에 사로잡혀 버린다.

세 번째 사건의 피해자는 바로 403호 조필구이다. 한상훈이나 최서연과 달리 그에게서는 아무런 고민의 흔적을 찾아볼 수 없다. 조필구라는 인물은 지적장애가 있으며, 이 덕분에 그는 순수한 존재로 위치한다. 이 때문에 그는 목격자임에도 신용하기 어려운 목격자이기도 하다. 그러나 신용하기 어려운 목격자임에도 송태호는 그를 가만두지 않는다. 이는 한상훈에게 있어 자신의 안위 또한 안전치 않다는 것을 의미하게 된다. 목격자로 존재하기 어려운 조필구조차 살해하려고 했기 때문이다.

범인조차 신용하기 어렵게 된 그는, 이번에는 경찰을 신용하고자 한다. 그러나 그의 협조에도 경찰은 송태호를 붙잡지 못한다. 이로 인해 그는 가족의 안위를 위해 아내에게 집 밖으로 절대 나가지 말고, 문단속 잘하라고 전한다. 잠겨 있는 현관문은 자신의 가족을 지켜줄 수 있는 유일한 수단이기 때문이다. 그러나 영화 〈목격자〉는 보호받아야 할 집이란 공간에서 계속해서 인물들이 보호받지 못하는 장면들을 보여준다.

〈사진 10〉

〈사진 11〉

〈사진 12〉

아파트의 현관문은 외부로부터 개인을 보호해주는 기능으로써 존재해야 한다. 이 때문에 한상훈이 단지 내 벌어진 피살사건이 있는 후 출근할 때 잠긴 현관문의 문고리를 돌려본다. 이는 현관문 상태를 확인하기 위함도 있지만, 현관문이 지켜줄 수 있으리란 믿음을 갖기 위한 행위이기도 하다. 이처럼 현관문은 각자의 공간을 지켜줘야 하지만, 위의 사진들처럼 송태호는 너무도 쉽게 집 안으로 침입한다.

송태호의 침입은 철저하게 현관문의 기능이 가장 취약해졌을 때만 이루어진다. 그 취약해질 시점이란 바로 거주자가 현관문을 열었을 때이다. 〈사진 10〉과 〈사진 12〉에서 그것이 가장 잘 드러난다. 〈사진 10〉은 한상훈의 꿈에서 벌어진 상황이지만, 택배를 받기 위해 열린 문으로 범인이 침입하는 순간이다. 〈사진 12〉는 보호를 위해 파견된 경찰을 집에 들이기 위해 아내가 문을 열었을 때 송태호의 침입을 허용하게 된 순간이다.

현관문은 외부와 내부를 연결해주는 통로이기도 하다. 이 때문에 현관문을 출입구의 기능을 허용하였을 때 동시에 보호의 기능은 사라져 버린다. 〈사진 11〉의 경우에는 상황이 조금 다르다. 보시다시피 최서연은 집 내부에 있지 못하고 현관문 밖에 존재하기 때문이다. 이처럼 〈목격자〉에서는 현관문의 기능이 제 기능을 하지 못하는 모습이 그려진다. 영원히 문을 닫고 살지 않는 한 보호의 기능은 언제나 취약점과 함께 할 수밖에 없다. 결국 목격자 모두는 아파트 속에 숨지 못하였으며, 집에서조차 보호받지 못하고 있다.

한상훈 가족 이외에는 아무도 보호받지 못하고 죽임 또는 중상을 입게 된다. 만일 죽임을 당했던 이들이 목격자로서 경찰에 협조하였다면 어떻게 되었을까. 혹은 아파트 주민들이 아파트값이 내려가는 것을 우려하여 경찰에 협조하지 말자는 공문 대신 적극적으로 협조했다면 다른 결과가 나왔을까?

3. 본연의 가치를 상실한 아파트와 거주민의 욕망

경찰에 신고하지 않거나 협조하지 않았던 이유에는 각자의 사정이 있을 것이지만, 가장 공통적이고 이유 대부분을 차지하는 부분이 바로 아파트값의 하락이었을 것이다. 이러한 주민들의 행동에 대해 현대 사회의 개인주의적이며 자본주의적인 모습에 대한 비판으로 언급될 수도 있다. 그러나 이것을 현대 사회의 이기심, 개인주의에 대한 문제로만 일축 시킬 수 있을까?

아파트 가격이 내려가는 것에 가장 우려하며 앞장서서 행동하는 이가 부녀회장이다. 그녀는 직접 집집마다 방문하면서 '경찰·언론 협조 반대 동의서'를 돌린다. 또한 범인에게 죽임을 당한 최서연이 실종으로 알려졌을 때도, 그의 남편이 붙여두었던 실종전단지를 없애려고 노력까지 한다. 그가 이러한 행동을 보인 건 오직 아파트 가격이 내려갈 것에 대한 우려에서 나온 결과이다. 마지막에 이사 가는 한상훈 부부에게 다가가 4억 이하로는 내놓으면 안 된다고 말을 하면서 이기심의 끝을 보여주기도 한다.

이러한 모습은 부녀회장에게서만 드러나고 있지 않다. 단지 발화가 부녀회장에게서 주로 나왔다 뿐이지 그녀뿐만 아니라 아파트 주민들 모두에게 개인주의·이기주의·자본주의 등의 성향이 드러난다. 최서연의 남편이 실종전단지를 붙이는 일에 대해 부녀회장이 대표적으로 반대할 때, 주변의 아파트 주민들 역시도 동의를 표한다. 이때 유일하게 최서연 남편의 편을 들어주었던 한상훈의 아내 수진이지만, 그녀

역시도 사실은 크게 다르지 않다. 한상훈 부부도 영화 초반부에 아파트를 겨우 마련하였다고 말한다. 이 발언이 여기서 끝났다면 내집마련의 의미로써 끝났을 일이지만, 아내 수진에 의해 그 의미는 변색되어 버린다.

> 수진: 아니 그, 죽은 여자가 이 아파트 주민도 아니고, 그냥 유야무야 조용히 넘어가면 될 걸 괜히 소문내고 다녀가지고 입주민들한테 좋을 거 없다고. 틀린 말 아니잖아. (26분 51초~27분 03초)
>
> 수진: 아니 그러면 아파트값 떨어지면 어떻게 할 건데, 겨우 집 하나 마련했는데 아파트값 떨어지면 당신이 책임질 거야? (27분 30초~37초)
>
> 수진: 자기야 괜찮아?
>
> 한상훈: 어 뭐
>
> 수진: 그치 걱정되지? 그런데 아파트 이름은 안 나왔지? 어? (31분 33초~43초)

지금의 사건 당사자가 아니란 이유로 아파트 가격에 대한 우려를 표하고 있다. 첫 번째 피해자 여성의 죽음에 대해서도 아파트 주민도 아닌데 조용히 넘어가는 것에 대해 틀린 말이 아니라는 것으로 동의를 표하고 있다. 사람이 죽었는데 신고하지 말라는 말에 화를 내는 한상훈에게 수진은 아파트값이 떨어지면 책임질 것이냐며 오히려 반박한다. 또한 뉴스에 자신의 아파트에서 벌어진 사건이 언급되고 있었는데, 한상훈은 자신이 목격했음에도 신고하지 않은 것에 대해 복잡한 심경을 보이고 있었는데, 이를 모르는 아내 수진은 아파트 이름이 나왔는지, 이 때문에 아파트값이 내려가는 것은 아닌지 우려스러워한다.

이처럼 영화는 아파트가 갖는 본연의 가치, 공동체적 의미나 안락함과 같은 주거 공간의 의미를 잃어버린 현실을 보여준다. 아파트가 본연의 의미를 잃을 수밖에 없는 이유를 살피려면 과거의 한국 사회를 들여다볼 필요가 있다.

1970년대 정부의 주도로 진행된 도시화와 경제성장, 레저산업발달 등은 도시로 인구를 밀집시키는 결과를 가져왔다. 또한 근대 도시의 광고와 이미지 산업의 효과는 인간의 존재 방식3)을 바꿔놓았다. 도시에서 그려지는 성공할 수 있다는 기회의 이미지, 돈을 벌어 '소비 주체'로서 존재할 수 있다는 희망감은 사람들을 충분히 매료시킬 만했으리라 본다. 도시에서 보이는 사람들의 욕망은 1970년대 이전 시기에 있었던 어두운 그림자에서 벗어났기 때문이다.

1950년대에 있었던 전쟁과 전쟁으로 인한 후유증은 1960년대로까지 이어진다. 그러나 점차 그 시기를 지나면서 사람들은 생존 그 이상의 것을 바라볼 수 있게 된다. 이로 인해 사람들은 더 잘살기 위해, 성공하기 위해 도시로 몰렸고, 이에 따라 정부는 도시에서의 인구 과잉 문제를 아파트라는 새로운 주거 형태를 통해 해소하려고 하였다. 그러나 서구에서와는 달리 한국에서 아파트는 중산층 이상의 고급주거지의 개념으로 발전되었고, 이는 아파트가 단지 거주공간이 아닌 재화로서의 의미를 지니게 된 탓이 크기 때문이다.

경제성장에 따른 통화량 증가와 이에 따른 인플레이션은 부동산 투기의 열기를 지피기 시작하였다. 부동산 투기 과열은 점차 집값을 하늘 높은 줄 모르고 치솟게 만들었다. 이러한 흐름 속에서 아파트는

---

3) 오창은, 「1970년대 서울 공간 경험과 근대적 주체의 구성」, 『어문논집』 53, 중앙어문학회, 2013, 401~408쪽 참조.

재화의 한 종류로서 존재하게 된다. 즉 아파트는 재화를 축적할 수 있는 수단이자 이를 통해 상위계층으로 진입할 기회의 공간이다. 이로 인해 아파트는 사람들에게 삶의 목적이자 목표로 존재하게 되며, 전재산을 들여서라도 얻고자 하는 갈망의 대상이기도 했다.

그러나 한국 사회가 겪은 2000년대의 금융위기는 급격하게 부동산 경기를 침체하게 만든다. 당연하게도 아파트가 지닌 가치는 점차 급락하고, 그 결과 사람들에게 삶의 결과물인 아파트를 잃어버릴 수 있다는 불안감을 안겨주게 된다. 〈목격자〉에서 보이는 아파트값에 대해 우려하는 거주민들의 모습은 이 불안감에 대한 방어기제라고 할 수 있다. 그렇기에 입주민들에게서 보이는 집단 이기성을 비난할 수 없다. 죽은 피해 여성에 대해 안타까움을 금치 못하겠지만, 반대로 살아있는 피해자들에게도 책임을 져줄 존재는 없기 때문이다.

아파트값 하락에 대한 불안감을 가장 보편적으로 느낄 존재는 누구일까. 사회 중산층에 위치한 서민들이 아닐까? "가진 거라고는 아내하고 딸, 대출받아 장만한 아파트 한 채가 전분데"라고 말하는 한상훈을 주인공으로 내세운 이유를 감독의 인터뷰에서 찾아볼 수 있다. 그는 "사회의 대부분을 구성하는 중산층 소시민이" 목격자가 되어 사건의 중심에 서게 되었을 때, "좀 더 보편적인 이야기가 될" 것이라고 보았다. 그러기 위해 감독은 촬영장소인 아파트도 "프리미엄급 럭셔리 아파트도 아니고, 또 흔히 스릴러 장르에서 보는 암울하고 그로테스크한 아파트도 아닌" "광역버스를 타고 출퇴근하는 서울 인근 가장 평범한 아파트"로 선정하였다.

인터뷰의 주요 골자는 중산층이 사건과 맞닥뜨렸을 때 겪는 딜레마를 통해 이야기가 보편적으로 보였으면 하는 바람에서 한 말이지만, 이를 달리 얘기하면 아파트 입주민 모두 중산층이란 의미를 지닌다.

또한 '중산층 소시민'인 입주민들의 아파트값 하락에 대한 불안감은 단지 그들만의 불안감은 아니라는 의미이다. 또한 영화를 보고 있는 대다수의 관객 역시도 느끼고 있을 불안감인 것이다.

이 불안감은 단지 재화 가치의 하락에만 기인하는 것이 아니다. 아파트의 가격에 따른 '품격'도 함께 낮아지기 때문이다. 명품시계, 명품 옷, 명품 가방 등 이것들은 자신의 경제력의 상태를 드러내는 재화로 존재하는 것들이다. 아파트 역시 일종의 명함과 같은 신분을 나타내는 재화로써 존재한다. 〈목격자〉도 가격으로 평가된 아파트에 사는 사람들의 품격에 대해 "여기 사는 사람들 죄다 교육 수준 높은 사람들이에요. 아, 본 사람이 있었으면 얼른 신고를 했겠지. 준법정신도 얼마나 높은 동넨데."라고 얘기한다. 개인의 가치가 아파트 가격에 좌우되는 것은 아닐 텐데도 아파트의 가격이 자신의 높은 신분을 드러내고 있다고 말한다. 이들의 모습에서 아파트란 본연의 가치, 공동체적 의미나 안락함과 같은 주거지로서의 가치보다 가격에 따른 품격의 가치를 더 중요하게 작용하고 있음을 확인할 수 있다.

이들은 이 품격을 지키기 위해 '경찰·언론 협조 반대 동의서'를 돌렸던 것처럼 내부인에게도 가차 없는 모습을 보여준다. 어떤 이는 이것에 대해 과거 옆집의 숟가락 개수까지 알 수 있었던 상황에 비해, 엘리베이터에서 서로 인사를 주고받는 것조차 어색한 모습(7분 50초~8분 8초)에서 현대 사회의 개인주의적인 모습에 대해 비판적일 수 있다. 그러나 어느 공동체든 간에 공공의 이익이 우선시 되는 것은 과거나 현재가 똑같다.

다만 과거 공동체는 공공의 이익을 위한 개인의 희생이 당연시되던 사회였다. 이러한 환경 속에 무감각해진 이들이 어떻게 이상하다고 생각할 수 있었을까. 그래서 형균과 같은 피해자가 드러나지 않았을 것이다. 게다가 현대 사회로 넘어오면서 발달한 매체 덕분에 공동체 내에서 끝났을 일이 더욱 이슈화되고 있다. 이 때문에 개인주의가 과거와 비교해 부각되어 드러나고 있는 것은 아닐까 생각해 볼 수 있다.

다만 과거에는 아파트가 아닌 단독주택의 형태가 주를 이루었다. 이 때문에 남의 집에 피살사건이 있었다고 해서 자신의 집값이 내려가는 일은 없었을 것이다. 이러한 지점에서 과거에는 개인주의가 심하지 않았다고 말하는 것은 아닐까? 그렇다면 현재나 과거나 결국 공동체의 입장에서 형균의 실종전단지를 붙이는 행위는 공공의 이익에 훼방을 놓는 것으로만 이해될 것이다.

지금까지 영화 〈목격자〉를 통해 아파트가 어떻게 활용되고, 아파트가 지닌 의미에 대해 살펴보려고 하였다. 또한 보편적으로 내린 결론이나 평가에서 벗어나 다른 얘기를 하고자 하였다. 그것이 얼마나 잘 드러났는지는 모르겠다. 이것저것 잡다한 서술이 오히려 영화 속 아파트에 관한 이야기에서 많이 벗어나게 된 것은 아닌가 하는 우려도 있다. 그런데도 입주민들의 집단 이기성에 관하여 조금이라도 반대의 이야기는 하고 싶었다. 왜냐하면 모든 것은 일면만을 보고 판단할 수 있는 단순한 세계가 아니라고 생각하기 때문이다. 그렇지 않으면 입주민들과 함께 한상훈 역시도 비난의 대상이자 악으로 규정된다. 위법하지 않았다 뿐이지 한상훈이 신고하지 않아서 생긴 죽지 않아도 될 인물들이 발생했다. 이를 범인의 탓으로만 돌릴 수 있을까? 마치 자연재해를 자연의 탓으로만 돌릴 수 없듯이 말이다.

좀비 서사와 아파트

: 영화 〈#살아있다〉를 보고

이정용(한국소설연구자)

1. 들어가며

ㅂ자로 꺾여 있는 복도는 은행금고처럼 조용했다. 어디선가 개 짖는 소리가 희미하게 들려오고 있었다. 오피스텔은 한 층에 약 마흔 개의 방이 들어 있었다. 그렇다면 어림잡아 6백 개 정도의 방이 이 건물에 있다는 말이다. 그야말로 벌통 같은 곳이다. 산 사람을 안치시키는 공중 납골당 같다.[1]

이곳에선 사람을 마주치는 경우가 드물다. 다들 안에서 무얼 하는지 여간해서 얼굴을 내밀지 않는다. (…중략…) 문 앞에는 대개 식당에서 배

---

[1] 윤대녕, 『코카콜라 애인』, 세계사, 1999, 73쪽.

달해 먹고 내놓은 빈 그릇들이 놓여 있다. 밥들을 주로 시켜먹는다. 집집마다 앞에 놓여 있는 그릇들을 보면 마치 감방 복도 같다.[2)]

인용문을 보자. 수많은 세대世帶가 함께 살아가는 공동 주택은 현재 대한민국에서 가장 보편적인 거주공간이 되었다. 비록 전통적인 마을은 도시에서 찾아보기 힘든 것이 되어 버렸지만, 1990년대까지만 해도 우리는 마을에서의 삶이 그러했던 것처럼 공동 주택의 '이웃사촌'들과 함께 살아갔다. 그러나 어느 순간부터 우리의 이웃들은 인접한 공간에서 살아갈 뿐인 '주변인'이 되어 버렸다. 우리의 관심도 이러한 주변인들을 향하지 않게 되었다. 이는 주변인들도 마찬가지이다. 그들 역시 우리에게 관심을 주지 않는다. 이웃사촌이란 말이 흔적도 없이 사라진 지금 우리는 이제 서로의 정체를 모르는 채로 하루를 살아간다. 다만 집 밖으로 내놓은 빈 그릇이나 가끔 들려오는 소음 등 삶의 흔적으로 말미암아 내 주변에 누군가가 살고 있다는 것을 어렴풋이 인식할 뿐이다. 인용문에서 나타나는 모습은 소설의 주인공이 본 '오피스텔'의 정경이다. 그러나 이는 오피스텔뿐만 아니라 공동 주거의 형태를 한 현대의 수많은 공간들에서 공통적으로 찾아볼 수 있는 모습이기도 하다. 그렇다면 이때 이러한 공동주거공간의 모습은 언제나 부정적으로만 존재하는가. 예컨대 항거할 수 없는 위협으로 인해 당장의 생존이 불투명한 상황이라면 공동 주거공간에서의 소외와 고립은 어쩌면 안전을 담보하는 요소가 되지 않을까.

조일형 감독의 영화 〈#살아있다〉는 맷 네일러의 시나리오 'Alone'을 원작으로 하며, 원인을 알 수 없는 바이러스가 퍼진 현대 서울에서

---

2) 윤대녕, 위의 책, 92쪽.

아파트에 고립된 사람들의 생존을 다루고 있다. 이때 작중에서 '폭력 성향의 감염자'라고 일컬어지는 감염자들의 모습은 우리가 흔하게 떠올릴 수 있는 '좀비'의 모습을 하고 있다. 때문에 〈#살아있다〉는 대중적인 '좀비 서사'와 어느 정도 유사한 모습을 보이기도 한다. 이때 이 영화의 특징적인 점은 작중의 무대가 오직 '아파트'에 한정되어 있다는 점이다. 이는 생존을 위해 다른 지역으로 피난하는 과정을 그리는 여타 좀비 서사의 작품들과는 선명하게 구별되는 지점이다. 때문에 〈#살아있다〉의 서사 속에는 현대 사회에서 '아파트'가 가지는 기능들이 선명하게 반영된다. 여기에서는 이러한 점에 집중하여 〈#살아있다〉의 서사 속에 아파트 공간이 어떻게 활용되며, 그 의미는 무엇인지를 살펴보자 한다.

2. 생존의 공간: 아파트란 이름의 성

영화는 게임 스트리밍 방송을 하던 '준우'가 TV를 켜보라는 시청자들의 메시지를 보고 거실로 나오는 모습으로 시작한다. 폭동 사태를 알리는 긴급재난문자와 뉴스, 도망치는 사람들의 모습과 비명 속에서 주인공 준우는 어떤 심각한 일이 벌어지고 있다는 사실을 알아차린다. 이윽고 현관문 밖에서 소란스러운 소리가 들려온다. 준우가 상황을 확인하기 위해 문을 살짝 열었을 때, 옆집에 사는 '상철'이 그를 밀치고 들어온다. 어떻게든 나가지 않으려 애쓰는 상철과 그를 쫓아내려는 준우의 실랑이 속에서 상철은 '눈이 충혈'되는 감염자의 증상을 보이며 좀비로 변한다. 몸싸움 끝에 상철을 쫓아낸 준우는 현관문 밑으로 흘러들어오는 핏물을 보며 두려움에 잠기고 만다.

상술했듯 파편화되고 개인화된 사람들은 주변의 사람들에게 관심을 주지 않는다. 갑작스럽게 난입한 자신 때문에 당황해하는 준우에게 상철이 '우리 저번에 봤잖아요, 옆집, 바로 옆집 403호'라 말한 것과 같이 상철은 분명 준우의 옆집에 살고 있는 물리적으로 가까운 존재이다. 그러나 준우는 마치 일면식도 없는 낯선 이를 대하는 것과 유사한 태도를 보이며 상철을 내쫓으려 한다. 그의 태도가 상철의 '상처'를 발견하기 이전부터 나타나는 것을 보면 이러한 모습은 이웃 간의 단절이 극대화된 현대의 사회의 모습을 단적으로 나타내고 있다고 볼 수 있다.

이처럼 타인을 향해 배타성을 드러내는 모습은 개인이 군중 속에서 점차 소외되어 가는 현대 사회의 문제로 작용한다. 그러나 영화 속에서와 같은 극한의 상황 속에서 이는 오히려 스스로의 안전을 담보할 수 있는 삶의 태도로 기능한다. 상황을 벗어날 특별한 방법이 없는 이상, 특히 '감염'의 형태로 위기가 찾아오는 상황 속에서 개인이 선택할 수 있는 가장 기본적이고 안전한 방법은 준우와 같이 모든 이를 쫓아내고 홀로 남는 것이기 때문이다. 〈#살아있다〉의 서사 속에서 아파트란 공간은 바로 이처럼 생존과 관련할 때 더욱 선명해진다.

〈사진 1〉 높게 쌓여 올라가는 특성상 창문으로는 침입할 수 없는 아파트의 구조

〈사진 2〉 상철을 쫓아낸 후 칼을 들고 문 앞에 서 있는 준우의 모습

〈사진 1〉은 아파트의 특징을 선명하게 보여주는 장면이다. 주지하다시피 아파트의 각 호실은 창문 등을 통해 외부를 확인할 수 있는 개방된 공간이다. 때문에 준우는 〈사진 1〉의 모습처럼 준우는 창밖을 확인하면서 문제가 발생했다는 사실을 실감하게 된다.

이때 높게 쌓여 올라가는 아파트의 특성상 창문은 외부에 개방되어 있지만 반대로 출입구로는 기능할 수 없는 특징을 가지고 있기도 하다. '좀비'의 습격이라는 항거할 수 없는 위협이 산재해있는 상황 속에서 아파트가 가진 이러한 구조적 특징은 준우가 습격을 신경 쓰지 않고 집 밖의 상황을 파악할 수 있는 일방적인 관찰자로 자리할 수 있게 만든다.

한편 〈사진 2〉는 상철을 쫓아낸 후 칼을 들고 문 앞에 서 있는 준우의 모습이다. 영화에서는 준우의 뒷모습이 점차 멀어Dolly out지는 방식으로 표현하는데, 이 과정에서 준우가 바라보고 있는 현관문에 집중해볼 필요가 있다.

상철이 현관문을 통해서 들어왔듯 현관문은 '어떤 위협'이 침입할 수 있는 유일한 통로이다. 때문에 준우가 현관문을 걸어 잠가 봉쇄하고 스스로 고립된 시점에서 그가 위치한 공간은 산재한 위협 속에서 안전할 수 있는 단 하나의 장소로 기능하게 된다. 이상의 특징은 일반적인 아파트들에서 각각의 호실이 보편적으로 공유하고 있는 특징이다. 때문에 이 지점에서 〈#살아있다〉의 아파트는 위협 앞에 인간이 안전을 도모할 수 있는 일차적인 대피소로 활용되고 있다고 볼 수 있다.

한편 아파트가 대피소로서 존재한다는 것을 생각해보면, 영화 속에서 준우가 위협을 받는 장면들에 집중해볼 필요가 있다. 일반적인 좀비 서사를 생각해볼 때 관객을 긴장시키는 장면이자, 생존자들이 가장 큰 위기에 빠지는 순간은 수많은 좀비들이 생존자들을 향해 달려오는 장면일 것이다. 〈#살아있다〉의 서사에서도 이는 그대로 적용되는데 이때 아파트가 가지고 있는 특징들은 준우가 달려오는 위협을 극복할 수 있게 하는 장치로 기능한다.

식량이 떨어지고 아무런 희망이 보이지 않는 상황 속에서 감정이 격해진 준우는 현관문 밖으로 나와 골프채로 좀비를 무자비하게 내려친다. 〈사진 3〉은 그 직후 준우를 향해 달려드는 좀비들의 모습이다. 사진에서 나타나듯 〈#살아있다〉의 배경이 되는 아파트는 개방형 구

〈사진 3〉 준우를 향해 뛰어오지만 서로 부딪히며 가로막히는 좀비들

조인 복도식 아파트인데, 준우를 향해 뛰어오는 좀비들은 아파트의 서로 부딪히며 뒤엉키는 모습을 보여준다.

이때 이러한 모습은 복도식 아파트의 복도가 가진 특징에 기인한다. 일반적으로 복도식 아파트는 복도로 세대를 연결하여 보다 많은 거주공간을 만들어내는 것을 목적으로 한다. 반면 이러한 특징으로 말미암아 복도식 아파트의 복도는 사람 한 명만이 지나갈 수 있을 정도로 상당히 좁은 구조를 띨 수밖에 없다. 이는 일반적인 상황이라면 생활의 불편함을 만들어내는 요소이다. 그러나 이러한 좁은 복도는 영화와 같이 다수의 습격과 마주하는 상황에서 습격자들의 돌진을 저지하여 준우가 도망칠 시간을 벌어주는 하나의 장치로 기능한다.

동시에 복도라는 지형적 한계가 있는 이상 준우를 향해 달려드는 좀비들은 그의 앞과 뒤 두 방향으로밖에 접근할 수 없게 된다. 이러한 환경적인 특징은 준우가 경계해야 하는 방향을 명확하게 함과 동시에 그가 불의의 습격을 당할 확률을 현저하게 낮춰준다. 즉 준우가 충동적으로 밖으로 나왔지만 다시 안전한 집으로 돌아갈 수 있었던 것은 이처럼 복도가 습격에 대처하는데 용이한 환경을 조성하고 있기 때문이다.

〈사진 4〉 아파트 복도의 물건에 가로막히는 좀비들

〈사진 4〉는 작품의 후반부 준우가 또 다른 생존자 '유빈'과 함께 도망치는 장면이다. 이러한 장면에는 복도식 아파트의 복도가 가진 또 다른 특징이 나타난다. 복도식 아파트의 복도는 실외이지만 동시에 실내의 특징도 가지고 있는 복합적인 속성을 지니고 있다. 복도는 분명 공용의 공간이지만 일반적으로 자신의 집 앞에 위치한 복도까지를 자신의 공간이라고 인식하기 때문이다. 즉 복도 역시 집의 연장선에 있는 셈이다.

우리는 부피를 많이 차지해 집 안에 보관하기 힘든 물건들을 복도에 쌓아놓는 광경을 흔히 찾아볼 수 있다. 이러한 물건들은 복도식 아파트의 좁은 복도를 더욱 협소하게 만들며, 통행에 큰 불편함을 초래한다. 그러나 〈사진 4〉의 경우처럼 특별한 상황이 발생했을 경우 이러한 물건들은 오히려 생존을 위한 하나의 수단으로 활용될 수 있다.

준우는 좀비들을 가로막기 위해 아파트 복도에 있는 물건들을 이용하여 그것을 간이 방책으로 삼는다. 그리고 이렇게 번 시간을 이용하여 준우는 결국 또 다른 호실로 대피해내고야 만다. 〈사진 3〉과 〈사진 4〉는 아파트의 '복도'란 공간이 가진 특징을 드러낸다. 준우의 집이 정주하는 것으로 안전을 보장하는 '정적인 안전'이 강조되는 공간이라 할 때, 복도는 준우가 움직이는 상황 속에서 마찬가지로 움직이는 적들을 가로막아 위협을 극복할 수 있게 만드는 '동적인 상황에서의 안전'이 강조되는 공간인 것이다.

여기서 우리는 공포영화 속 아파트란 공간과 생존이 연관되는 방식을 알 수 있다. 준우가 그러한 것처럼 다른 사람들 사이에서 소외되는 것으로 습격과 감염의 위험을 피하고 안전을 도모할 수 있디. 동시에 쉽게 침입할 수 없는 아파트의 구조는 각각의 호실을 대피소로 기능하게 만든다.

또한 생활의 불편함을 일으키는 좁은 복도와 그곳에 쌓여 있는 물건들은 지형적 이점을 제공하여 등장인물들이 위협에서 벗어날 수 있도록 만든다. 즉 〈#살아있다〉의 서사에서 아파트는 생활 속에서 찾을 수 있는 어떤 부정적인 요소들을 반전시켜 등장인물에게 긍정적인 결과를 조성하는 방식으로 활용되고 있는 것이다.

한편 〈#살아있다〉의 서사를 살펴보면 배경이 되는 아파트가 각 건물이 한 방향으로 배치된 판상형 구조를 하고 있다는 점을 알 수 있다. 또한 〈사진 5〉에서 희미하게 나타나는 것처럼 영화의 결말부에는 서울의 대표적인 랜드마크인 63빌딩의 모습이 스쳐지나간다. 이를 근거로 하여 혹자는 〈#살아있다〉의 배경이 63빌딩이 위치한 여의도의 판상형 복도식 아파트, 예컨대 '여의도 서울아파트' 등 실존하는 공간이라 생각하기도 한다. 그러나 〈#살아있다〉는 실제 공간이 아닌 철저히 '세트'에서 촬영되었다. 실제 '아파트'가 아니라는 점은 영화 속의 아파트 공간에 한 가지 재미있는 특징을 만들어낸다. 그것은 〈#살아있다〉 속 아파트가 보편적인 판상형 아파트와는 다르게 발코니와 발코니가 마주 보는 구조를 하고 있다는 점이다.

사건이 발생하고 20일이 지난 후 전기마저 끊기게 되자 준우는 생을

〈사진 5〉 한 방향으로 배치된 일반적인 판상형 구조의 아파트

〈사진 6〉 끈을 이용해 서로의 발코니를 연결하는 준우와 유빈

포기하고 천장에 목을 매단다. 그리고 이때 그런 준우를 향해 건너편 집에서 레이저포인트 빛이 쏘아져 온다. 레이저포인트 빛은 그에게 다른 생존자가 존재한다는 사실을 일깨워주었으며, 그것으로 말미암아 준우는 몸부림을 치며 다시 생존의 의지를 불태운다. 이처럼 또다른 생존자 '유빈'이 준우에게 신호를 보낼 수 있었던 것은 그녀가 준우의 행동을 실시간으로 목격할 수 있었기 때문에 가능한 상황이다.

일반적인 상황을 생각해보면 아파트의 발코니와 발코니가 마주하고 있는 구조는 다른 집의 내부를 쉽게 엿볼 수 있게 만들어 사생활침해 등의 문제를 불러일으킬 수 있다. 그러나 영화의 서사 속에서는 역설적으로 이러한 구조가 물리적으로도 정신적으로도 고립된 상황 속에서 다른 생존자의 존재를 인식할 수 있게 만드는 장치로 활용되고 있다.

이때 재난의 상황 속에서 다른 생존자가 자리한다는 것은 단순히 정신적인 위안을 얻을 수 있다는 것만을 뜻하지 않는다. 의견의 교류를 통해 부족한 물자를 보충하고, 교환할 수 있는 가능성이 생겨나기 때문이다. 때문에 준우는 〈사진 6〉처럼 드론을 이용해 자신의 집과 유빈의 집을 이어주는 끈을 연결하고, 이를 통해 식량을 받거나 무전기 건네주는 등 교류하며 서로의 생존을 도모한다.

한편 다른 집의 내부를 쉽게 엿볼 수 있다는 점은 동시에 다른 집에 존재하는 위협을 미리 알아차릴 수 있다는 것을 의미하기도 한다. 유빈은 준우의 집을 바라본 것처럼 망원경으로 건너편의 집들을 관측하며 '8층'에는 좀비가 존재하지 않는다는 결론에 다다른다. 이는 식량 사정이 한계에 달해 집에 틀어박히는 것만으로는 생존을 이어갈 수 없는 상황이 되자 두 사람이 집 밖으로 이동하는 것을 선택하게 되는 근거로 자리한다.

이와 같은 장면은 인구가 밀집되어 있는 공동 주택으로서 일견 독립되고 고립된 것처럼 보이는 아파트란 공간이 실상은 누구나 쉽게 관측할 수 있는 공간이라는 사실을 상기시킨다. 〈#살아있다〉의 아파트는 타인을 관측하고, 반대로 타인에 의해 관측될 수 있는 공간으로 자리하고 있다. 이러한 시선의 작용은 수평으로 넓게 펼쳐져 있는 단독주택 단지보다 수직으로 높게 들어선 아파트 단지일수록 더욱 쉽게 이루어진다. 이는 '좀비 사태'라는 극한 상황 속에서 생존의 공간으로서의 아파트가 어떠한 역할을 하는지를 드러낸다. 높게 솟은 아파트는 마치 현대의 성탑처럼 기능하여 적을 방어하고 관측하는 공간으로 자리하고 있는 것이다.

3. 아파트 공간의 의미: 공포의 전염과 안전에 대한 불신

〈#살아있다〉의 서사 속에서 아파트 공간이 위와 같은 방식으로 활용되고 있다고 할 때, 여기에 내포되어 있는 것은 무엇일까. 기본적으로 아파트는 현대 사회의 가장 일상적인 공간으로 자리하고 있다. 문제는 이러한 일상적 공간에 비일상이 찾아왔을 때, 다시 말해 도저히 대항할 수 없는 위협이 찾아왔을 때 발생한다. 이러한 모습은 영화의 서사 속에 선명하게 반영되고 있다.

〈사진 7〉은 좀비 사태 발발 직후 준우가 거주하는 아파트의 모습이

〈사진 7〉 좀비 사태 발발 후 다급하게 도망치는 사람들의 모습

〈사진 8〉 고립되었기 때문에 살아남은 서울의 시민들

며, 〈사진 8〉은 영화의 후반부 SNS를 통해 자신이 살아있음을 알리는 생존자들의 모습이다. 방안에 고립되는 것을 선택한 준우의 상황과는 정반대로 아파트 주민들은 다급하게 도망치는 모습을 보여준다. 그러나 〈사진 8〉의 모습처럼 '좀비사태'의 생존자들이 모두 집 안에 있는 것을 선택한 상황인 것을 보면 이처럼 집을 벗어나 아파트 밖으로 도망치는 것은 적어도 영화의 서사 속에서는 생존에 전혀 도움이 되지 않는 행동임이 분명하다.

그렇다면 이들은 왜 아파트 밖으로 도망치는 모습을 보이는가. 영화 속에서 "세대 간 거리가 좁을 수밖에 없는 아파트 밀집 지역, 즉 수도권의 피해가 큰 것으로 파악되고 있는데요."라는 언급이 나타나는 것처럼 아파트란 공간은 필연적으로 여러 세대가 밀집되어 있을 수밖에 없다는 특징을 가지고 있다. 이는 '좀비 사태'와 같은 공상 속의 상황이 아니라 전염병과 자연재해 등 현실에서 충분히 일어날 수 있는 문제가 발생했을 때 아파트가 다른 지역보다 더욱 큰 피해를 볼 수밖에 없다는 사실을 증명한다. 때문에 이 지점에서 아파트란 공간은 '공포'와 직접적으로 연결되는 공간으로 자리하게 된다.

영화의 서사 속에서 공포가 전염되는 과정 중에는 시선이 큰 영향을 미치고 있는 것으로 보인다. 준우가 좀비 사태를 실감하는 방식이 좀비의 존재를 목격한 이후임을 생각해볼 때, 아파트의 주민들 역시 좀비의 존재를 눈으로 목격하고 그 위협을 실감할 수 있을 것이기 때문이다.

동시에 주민들이 실제로 좀비를 목격하지 못했다 하더라도, 주변의 많은 사람이 도망을 치는 것을 목격하는 것 자체도 주민들이 이성적인 판단을 하지 못하고 동조하게 되는 원인으로 작용한다. 즉 〈사진 7〉과 같은 무조건적인 도주가 발생한 것은 관측이 용이한 아파트 공간의 특성이 반영되어 있는 것이다.

한편 밀집된 지역의 공포와 관련하여 사람들의 집단의 가장 큰 두려움을 불러일으키는 것은 '전염병'에 대한 공포이다. 이때 전염병이 공포를 확산시키는 것은 실제로 증상이 나타나기 전까지는 실제로 누가 감염되었는지를 확신할 수 없다는 점에서 기인한다.

"2000년대 이후 좀비 서사의 특징은 감염병으로 인한 아포칼립스를 전면에 내세"[3]우고 있다는 점과 작중에서 좀비가 '폭력성향 감염자'라 일컬어지고 있음을 생각해보면, 실질적으로 작중에서 일어나는 공포의 한 측면에는 이러한 감염에 대한 공포가 자리하고 있음은 분명하다.

이처럼 〈#살아있다〉에서 아파트 공간에서 전이되는 공포는 '좀비'란 공상적인 위협에 의해서만 발생하는 것은 아니다. 시각적으로 포착할 수 있는 위협에서 발생하는 공포와 전염병으로 말미암은 공포는 현대 사회에서도 쉽게 찾아볼 수 있는 것이기 때문이다. 즉 이 지점에서 '인구가 밀집되는 공간'의 대표격으로 자리한 아파트는 '공포가 전이되는 공간'으로서의 의미를 획득하게 된다.

한편 〈#살아있다〉의 서사 속에서 아파트 공간이 가진 또 하나의 의미는 그것이 인간에게 안전한다는 착각을 불러일으키는 공간으로 자리한다는 점이다. 앞선 〈사진 2〉에서 강조되는 현관문은 대피소로서의 아파트가 가지는 한계를 상기시키기도 한다.

일반적으로 '철문'이라 불리는 현관문의 재질로 말미암아 인간은 그것을 가장 견고한 방어벽으로 인식하곤 한다. 특별한 도구가 없는

---

3) 박성호, 「좀비서사의 변주와 감염병의 상상력: 신종 감염병에 대한 공포와 혐오의 형상화를 중심으로」, 『현대소설연구』 83, 한국현대소설학회, 2021, 345쪽.

이상 인간의 힘으로 이러한 철문을 뚫어내는 것은 분명 거의 불가능에 가까운 일이다. 그러나 반대로 잠금장치가 파손된 현관문은 너무나도 쉽게 '열리고' 마는 것이기도 하다. 이는 영화의 서사 속에서도 쉽게 찾아볼 수 있다. 예컨대 현관문을 통해 준우의 집으로 좀비가 침입해오는 장면은 방어벽처럼 인식되던 현관문이 가진 한계를 극명하게 보여준다. 동시에 이러한 장면은 대피소로서의 아파트가 절대적인 안전을 담보하지 못하는 공간이란 사실을 증명한다.

〈#살아있다〉의 서사 속에서는 좀비들이 준우를 위협하지만, 영화와 같은 극단적인 상황이 아니어도 아파트 침입과 관련한 이야기는 우리의 일상에서 쉽게 찾아볼 수 있다. 이는 아파트란 공간이 '안전하다는 착각' 속에 자리하고 있다는 것을 의미한다. 영화 속에서 아파트 내부로 침입해온 좀비의 존재는 불현듯 침입해오는 낯선 이가 될 수 있으며, 좀비에 의한 위협받는 준우의 모습은 주거침입으로 위협받을 수 일상의 두려움을 상징하는 것이다.

때문에 준우는 〈사진 9〉에서처럼 현관문에 나무판자를 끼워 넣고, 도어클로져를 보수하며 보다 단단하게 문을 걸어 잠그게 된다. 여기서 발생하는 또 하나의 문제는 현관문이 쉽게 열리지 않게 되는 만큼

〈사진 9〉 기계적으로 현관문을 보수하는 준우의 모습

〈사진 10〉 준우와 유빈에게 수면제를 먹이고 포박하는 낯선 아저씨의 존재

준우 역시 집 밖으로 나갈 수 없게 된다는 점에 있다. 때문에 준우는 후에 자포자기 심정으로 집을 나서기 전까지 집 안에 남아 있을 수밖에 없게 된다. 설령 식량이 떨어져 가는 상황을 직시하고 있음에도 말이다. 이는 고립이 담보한 안전이 훼손되었을 때 그것을 회복하기 위해서 더욱 더 철저하게 고립되는 방법밖에 남지 않는다는 사실을 말해준다.

이처럼 안전을 위해 보다 고립되는 것을 택하지만 그것이 또 다른 위협을 불러오는 장면은 〈#살아있다〉에서 반복적으로 나타난다. 상술한 것처럼 두 사람이 아파트 8층으로 올라가는 것은 그곳에 좀비가 없다는 판단에서 이루어진 행동이다. 그러나 외부에서는 관측할 수 없었던 사각에서 몰려오는 좀비들은 8층 역시 안전하지 않은 공간이라는 것을 상기시킨다. 결국 두 사람에게 남은 길은 좀비들을 피해서 점점 더 높은 곳으로 이동하는 방법밖에 없게 된다.

높게 쌓여 올려진 아파트의 특징을 생각해보면 위를 향해 올라간다는 것은 좀비와 같은 무차별적인 습격과 마주할 가능성을 조금씩 배제해 나가는 것과 같다. 도보로 움직이는 좀비의 설정을 생각해보면 높은 곳에는 낮은 곳보다 상대적으로 적은 수의 좀비만이 존재할 것이기 때문이다.

그러나 이는 반대로 준우와 유빈이 도망칠 수 있는 미래의 가능성을 포기하고 있다는 것을 의미한다. 위로 고립되어 갈수록 그들이 움직일 수 있는 반경 역시 좁아지기 때문이다. 이처럼 고립되는 것을 통해 담보할 수 있는 안전은 어느 순간 한계를 맞이할 수밖에 없다.

영화 속에서 아파트가 안전하다는 인식이 착각에 불과함을 일깨우는 장면은 〈사진 10〉의 모습에서도 찾을 수 있다. 좀비를 피해 8층으로 도망친 준우와 유빈은 '아저씨'에 도움받고 그의 집으로 들어가며 위협에서 도망친다.

그러나 이 '아저씨'는 준우와 유빈을 좀비가 된 아내에게 먹이로 주기 위해 그들에게 수면제를 먹이는 인물이기도 하다. 작중에서 준우와 유빈은 설령 그들이 좀비들에게 둘러싸이더라도 이를 큰 문제 없이 극복해왔다. 이러한 두 사람이 서사의 후반부 '아저씨'에게 손쉽게 제압되는 위와 같은 장면은 〈#살아있다〉 속의 가장 큰 위협이 좀비가 아닌 두 사람과 같은 생존자들 즉 '인간'으로 설정되어 있음을 드러낸다.

이는 낯선 이에 의한 공포라는 점에서 상술한 상황과 일견 유사해 보일 수 있다. 그러나 두 상황은 주거 침입이라는 분명한 범죄 행위에 의해 발생하는 이전의 것과는 다르게 선의로 포장되어 있어 그것을 즉각적으로 판단할 수 없다는 점에서 구별된다. 이는 현대 사회에 만연한 불안의 단면을 보여주는 것이다. 아파트가 공동 주거 공간인 이상 그곳에서 마주할 수 있는 모든 이가 어느 순간 적이 될 수 있다는 공포를 상기시키기 때문이다.

4. 마치며

지금까지 살펴본 것처럼 〈#살아있다〉는 생존의 문제와 직결되는 급박한 상황 속에서 아파트 공간에 내재된 부정적인 요소가 반전시키는 방식으로 아파트를 활용하고 있다.

영화에서는 사람들 사이에서 소외되는 것을 통해 위협을 피하고, 집에 고립되거나 생활의 불편함을 주는 구조를 통해 안전을 도모하며, 타인의 생활을 엿보는 것으로 교류를 시작하는 모습이 바로 그것이다. 이처럼 공포영화에서 반전을 통해 아파트 공간을 생존의 공간으로 그려내는 것은 현대 사회에서 아파트란 공간이 과거의 성탑처럼 현대인들의 최후의 보루로 자리하고 있음을 의미한다.

한편 〈#살아있다〉 속 아파트는 공포를 전염시키고, 안전하다는 인식이 착각에 불과함을 깨닫게 해주는 공간으로 자리하고 있기도 하다. 이때 아파트가 공포를 전염시키는 공간으로 나타난다는 점은 특징은 인구가 밀집된 공간의 대표격인 아파트가 재해의 위협에 취약한 공간이라는 사실을 이야기해준다.

또한 영화에서 인간의 안전을 훼손시키는 각 상황은 '좀비'와 같은 공상의 탈을 쓰고 있다. 그러나 이는 실제로 현실에서 쉽게 찾아볼 수 있는 모습이기도 하다. 이러한 모습은 현대 사회 속에서 각각의 개인이 다른 사람의 공포를 유발할 수 있는 존재로 자리한다는 사실을 일깨워 준다. 이는 현대 사회에 만연한 공포가 특정한 상황에서 발생하는 것이 아닌 일상 속에서 발생하고 있음을 선명하게 말해준다.

제3부

호러영화 속에 나타난 아파트 답사

창신동과 동대문아파트

심우일(영화평론가)

봄을 지나 서서히 여름으로 옮겨가는 계절이기 때문인지 시원한 바람에도 불구하고 햇살이 무척 뜨거웠다. 서울이라는 곳이 원래 사람들로 북적이는 곳이라지만 동묘역 4번 출구 근처 앞에 섰을 때 눈앞을 지나가는 사람들로 인해 정신이 없었다.

동묘역 6번 출구로 나가면 길이 동문시장으로 이어지기 때문인지 거리에는 노점들이 가득했다. 덕분에 천안에 살며 느끼던 여유라는 것이 사라진 것 같았으나 오랜만의 서울행으로 인해 마음이 들떴다.

슬슬 더워지기 시작한 시기에 갑자기 여행을 떠난 곳은 서울 종로구 창신동 동대문아파트와 그 주변 일대이다. 언젠가 한 번은 서울의 숨겨진 역사적 장소들을 방문해보고 싶었으나 바쁘다는 이유로 실천해보지 못하다가 한적한 날을 잡아서 여행을 다녀오기로 한 것이다.

대한민국의 수도 서울은 과거와 현재가 혼재되어 있는 공간이다.

너무도 익숙해서 대부분의 사람들은 관심을 가지지 않지만 서울이라는 곳은 수많은 역사적 흔적들이 보존되어 있는 곳이다. 이번에 탐방하기로 한 동대문아파트도 그러한 역사적인 의미를 지닌 장소 중의 하나이다.

동대문아파트는 서울 종로구 창신동에 위치한다. 창신동은 과거 붉은 열매를 맺는 나무로 둘러싸여 있어서 홍수동紅樹洞이라고 불렸다고 한다. 원래 창신동은 조선시대 한성부의 행정구역이었던 인창방仁昌坊과 숭신방崇信坊에서 따온 지명으로 서울 성곽을 낀 낙산을 등지고 청계천변에 자리를 잡고 있다.

1910년대 창신동은 일제강점기에 화강암을 채굴하던 채석장이 있었다. 채석장이 생긴 이유는 일제가 경성에 근대 서구 양식의 건물을 짓기 위해 화강암을 필요로 했기 때문이다. 일제는 창신동 낙산 주변에 채석장을 만들고 화강암을 채굴하였으며, 이때 채굴한 화강암으로 서울역과 조선총독부 그리고 서울 시청 건물 등을 건축하였다. 일제강점기 채석장의 흔적은 지금까지 남아 있어 낙산 근처 깎아내린 절벽의 단면을 통해 찾아볼 수 있다.

당시 지어진 조선총독부 건물은 현재 폭파된 상태이고, 옛 서울역

1969년 채석장에 지어진 낙산아파트 (출처: 서울역사아카이브)

건물은 현재 미술전시관으로 사용되고 있으며, 옛 서울 시청 건물은 2012년 이후 도서관으로 개조되어 개관해 시민들을 위한 문화 공간으로 활용되고 있다. 또한 현재 채석장 주변에는 창신동 일대를 내려다 볼 수 있는 전망대가 설치되어 카페와 함께 운영되면서 연인들의 데이트코스이자 관광명소로 알려져 있다.

창신동은 회현동과 함께 일제강점기에 활성화되었던 번화가이기도 하다. 1930년대 창신동 근처에는 큰 포목시장이 있었다. 그로 인해 크고 작은 일거리가 많았고 과거부터 많은 사람들이 북적이던 곳이다. 그래서일까? 1950년대 6.25전쟁 이후에도 창신동 일대에는 많은 사람들이 몰려들었다고 한다.

갑작스러운 전쟁으로 인해 거의 서울의 모든 공간들이 폐허가 되었음에도 불구하고 창신동 일대의 광장이 피폭되지 않은 상태로 남아 있었고 이곳을 중심으로 시장이 들어서면서 다시 사람들이 모여들기 시작한 것이다.

1967년 깃대봉 일대 판자촌 (출처: 서울역사아카이브)

창신동에는 해방 이후 이곳으로 이주한 이주민들과 일자리를 찾아 떠돌던 저소득층 노동자들, 그리고 일자리와 살아갈 터전을 찾아 북에서 월남한 피난민들이 모여 살았다. 덕분에 1950~60년대 창신동 주변의 청계천변에는 수많은 판잣집들이 모여 마을 이루게 되었다.

박수근, 〈판잣집〉(1950년대 후반)

당시 창신동 판자촌 근처에 살던 사람 중에는 화가 박수근(1914~ 1965)도 끼어 있다. 박수근은 한국을 대표하는 서양화가로 1914년 2월 21일 강원도 양구 읍내 정림리에서 태어났으며, 한국의 토속적 일상의 세계를 그린 화가로 알려져 있다. 젊은 시절 박수근은 평안남도 도청에서 취직해 1944년까지 평양에서 화가로 활동했으며, 해방 후 6.25전쟁으로 서울 창신동에서 자리를 잡고 가족들과 살았다.

그래서인지 창신동 동대문아파트 앞에는 청계천변까지 이어지는 박수근길이 조성되어 있다. 박수근길에는 화가 박수근을 기리는 후배 화가들의 작품들도 전시되어 있다. 박수근길의 시작점인 금호팔레스 빌딩 앞에는 이문호·이배경 작가의 〈마을〉이라는 작품이 전시되어 있으며, 142번을 기다리는 길목의 동묘역 앞 버스정류장에는 김명진 작가의 〈기억-하나씩〉이라는 작품이 전시되어 있다.

조금만 박수근길을 따라 걷다보면 박수근 화백이 살았다던 창신동 생가터에 당도하게 된다. 생가터에는 그가 살던 열여덟 평의 한옥은 찾아볼 수 없고 그 터만 남아 있다. 생가터 내부로 출입하는 것이 금지되어 있으며, 그 자리에는 순댓국집이 자리하고 있다. 실망감에도 불구하고 1950년대 이후 얼마나 많이 서울이라는 도시가 변화했는가를 생각해보면 어쩔 수 없기도 하다.

이문호·이배경, 〈마을〉

박수근의 아버지 박형지는 4대 독자인 박수근을 많이 귀여워했다고 한다. 덕분에 박수근

김명진, 〈기억-하나씩〉

은 유년시절 양구공립보통학교
를 다닐 수 있었지만 아버지의
광산업 실패로 가정형편이 어
려워지면서 보통학교 졸업 이
후 상급학교에 진학하지 못하
고 혼자 독학으로 그림을 공부
할 수밖에 없었다.

박수근 화백 생가터

박수근은 학교 수업 중에서
미술 시간을 가장 좋아했으며
특히 서양화가 장 프랑수아 밀
레(1814~1875)의 〈만종〉을 보고
자신도 밀레와 같은 화가가 되
게 해달라고 신에게 기도했다
고 한다. 박수근이 동경했던 장
프랑수와 밀레는 프랑스를 대

밀레의 〈만종〉(1814)

표하는 자연주의 화가로 그는 자신이 본 것을 그대로 솔직하게 화폭
안에 담고자 하였다.

프랑스 중북부 세에마른 주 남서부에 있는 바르비종에 모인 화가들
중에서도 밀레는 다른 화가들과 달리 농민의 모습을 주로 화폭 속에
담았다. 그중에서 〈만종〉은 밀레가 자신의 어린 시절 종이 울리면
할머니가 일을 멈추고 가엾이 죽은 이들을 위해 기도하던 장면을 회상
해 화폭 속에 담아낸 작품이다. 이처럼 밀레에게 농촌은 도시에 없는
어떤 경건함과 순수함을 지닌 공간이었다.

마찬가지로 박수근이 밀레를 애정 어린 눈으로 바라보았던 것은
바로 밀레의 작품들이 보여주는 농촌 생활의 정서에 대한 공감 때문

이었다. 밀레가 자신의 그림 속에 농촌에서 살아가는 사람들의 정취를 그렸듯 박수근 또한 그 안에서 생활하는 사람들의 정감을 그리고자 하였다.[1] 실제 박수근은 1932년 수채화 〈봄이 오다〉로 입선해 18세에 화가로 데뷔한 후 1936년 제15회 〈일하는 여인〉으로 입선하고, 1937년에는 〈봄〉이라는 작품으로 입선한다. 그 중 두 작품은 농촌의 여인네들의 생활상을 모티프로 그린 것이라는 점에서 밀레의 작품을 연상하게 한다.

1940년대 박수근은 평양의 평안도청에서 직원으로 근무하였으며, 해방 후에는 금성중학교 미술 교사로 재직하다가 6.25전쟁 이후에는 월남해 가족들과 상봉한 후 정착한 곳이 바로 지금의 창신동이다. 이곳에 터를 잡은 그는 과거 신세계백화점 본점 건물에서 초상화가로 근무하였다.

당시 전쟁으로 인해 건물이 대부분 폐허가 되어 미군들이 머무를 공간이 없었는데 그로 인해 명동의 신세계 백화점이 미군 PX post exchange로 운영되었다. 이곳에서 박수근은 출퇴근을 하며 미군의 초상화를 그려 가

1952년 크리스마스 미군 PX (출처: 연합뉴스)

족들의 생계를 책임졌다. 박수근이 신세계 백화점 초상화부에서 그림을 그릴 당시에 함께 일하던 직원이 바로 소설가 박완서이다. 박수근의 딸 박인숙은 당시의 풍경을 다음과 같이 회상하고 있다.

---

1) "밀레가 바라보고 있던 것이 단순한 농가의 풍속이 아니라 훈훈한 인간의 정취였듯이 박수근이 바라본 농가의 풍속도 단순한 흥미로운 대상으로서가 아니라 그 속에 생활하는 사람들의 끈끈한 정감이었다."(오광수, 『박수근』, 시공사, 2002, 52쪽)

"아무려나 아버지는 창신동 외삼촌 집에서 그림 그리는 일을 다시 시작하셨다. 우선은 혜화동의 화방을 통해 그림들을 내다 팔다가, 화방 주인인 이상우 화백의 알선으로 미군범죄수사대인 CID에서 새로운 일을 시작하게 된다. 수사 정보 관련 삽화나 자료 그림들을 그려주는 일이었다. 그후 우리는 어렵사리 돈을 모아 형편이 허락하는 대로 곧바로 창신동 어귀의 빈집으로 이사를 했다. 그 무렵에 주인은 있으나 피난을 떠나고 텅빈 집들이 제법 있었다. 우리는 집을 장만할 때까지 그런 집들을 물색해 집주인에게 세를 들어 살았다. 집주인이 나가 달라는 기별을 보내면, 또 그런 빈집을 물색해 이사를 했다. 소설가 박완서 선생님이 우리 아버지를 묘사했던 소설 '나목'의 이야기도 이 무렵의 집을 배경으로 시작된다. (…중략…) 이듬해 나는 아홉 살이 되었다. 남들보다 1년 늦게 초등학교에 들어가게 되었고, 아버지는 일터를 미군부대 PX 내 초상화실로 옮겼다. 당시 서울에는 많은 미군이 주둔하고 있었다. 고향을 떠나온 미군들은 본토의 가족들에게 선물을 보내기 위해 화가들에게 자신의 얼굴이나 가족들의 얼굴을 스카프나 손수건 등에 그려달라는 의뢰를 하고는 했는데, 아버지는 그 화가들 중 한 사람이었다. 아버지와 박완서 선생님과의 교류도 여기서 시작된다."[2]

박수근과 박완서는 신세계 백화점 미군PX 초상화부에서 함께 근무하며 인연을 맺는다. 훗날 박완서는 초상화부에서 일했던 경험을 토대로 자신의 소설 『나목』(1970)을 후에 집필해 발표하게 된다. 이 소설에서 등장하는 화가 옥희도는 바로 화가 박수근을 모델로 한다.

소설 『나목』에서 주인공 이경은 전후 암울한 현실에서 절망하고

---

2) 박인숙, 『내 아버지 박수근』, 삼인, 2020, 138~139쪽.

살아가다가 우연히 같은 초상화부에서 근무하던 옥희도의 집에 방문하게 되고, 그곳에서 그가 그린 고목枯木을 보게 된다. 이후 이경은 현실적인 소망을 품고 함께 일하던 태수와 결혼한 후에 옥희도를 잊고 살아간다. 그러던 어느 날 신문에서 옥희도의 죽음과 그의 유작전이 열린다는 소식을 듣는다. 이경은 옥희도의 유작전에 가서야 이전에 자신이 보았던 고목이 바로 사실은 나목裸木이었다는 것을 깨닫게 된다.

여기서 고목과 나목은 의미상의 차이가 있는데 오래되어 이미 고목이 죽은 나무를 뜻한다면, 나목은 계절 탓에 잠시 나뭇잎을 떨궈낸 나무를 뜻한다는 점이다. 다시 말해 고목은 전후 한국의 황량한 현실을 상징한다면, 나목은 겨울이 지나면 언제든 다시 꽃을 피울 수 있는 생명을 품고 있는 존재를 상징한다. 즉, 나목은 전후의 피폐하고 가난한 현실에도 굴하지 않고 견디어내는 삶의 긍정과 희망을 의미하는 것이다.

"나는 워낙 추위를 타선지 겨울이 지긋지긋합니다. 그래서 그런지, 겨울도 채 오기 전에 봄 꿈을 꾸는 적이 종종 있습니다. 이만하면 얼마나 추위를 두려워하는가 짐작이 될 것입니다. 그런데 겨울의 추위도 큰 걱정이려니와 그보다 진짜 추위는 나 자신이 느끼는 정신적 추위입니다. 세월은 흘러가기 마련이고 그러면 사람도 늙어가는 것이려니 생각할 대 오늘가지 내가 이루어놓은 일이 무엇인가 더럭 겁도 납니다. 하지만 겨울을 껑충 뛰어넘어 봄을 생각하는 내 가슴에는 벌써 오월의 태양이 작열합니다."[3]

---

3) 박수근, 「겨울을 뛰어넘어」, 『경향신문』, 1961.01.19.

실제 박수근은 한 기사에서 겨울의 추위보다는 정신적 추위에 대해 언급하며 겨울의 추위 속에서도 오월의 봄을 생각하며 자신의 마음속에 태양을 떠올린다. 이 기사에는 삶의 고통과 추위 속에서도 삶을 긍정하는 한 예술가의 자세가 잘 담겨 있다. 육체적 추위보다 정신적 추위를 고민하는 그의 태도는 박완서의 소설에서 한 그루의 고목이 바로 나목이었다는 사실을 깨닫듯이 황폐한 현실을 한 그루

박수근, 〈나무와 두 여인〉(1962)

의 나목이 되어 견디며 살아가는 박수근의 내면적 의지를 읽을 수 있다.

1960년대 창신동 주민들은 대부분 건설노동자이거나 행상들이었다. 그들은 가까운 도심에 접근해 공사 현장에서 일하거나, 거리에서 노점을 펼치기 위해 창신동에 거주하였다. 실제 창신동의 풍경을 자주 그렸던 박수근의 그림에도 행상하는 여인들이 많이 등장하는 것을 볼 수 있다.

박수근, 〈세여인〉(1960)

창신동이 봉제거리로 유명해진 것은 1970년대에 들어서면서 부터이다. 현재 동대문패션타운을 배후기지로서 지탱하고 있는 곳도 바로 창신동이다. 1960년대 창신동의 광장시장이 의류시장으로 일어서면서 청계천변 일대는 의류 공장과 상사가 복합된 시장을 형성하게 된다.

1962년 청계천변에 아파트형 평화시장 건물이 들어섰다. 아파트형

복합 상가는 길이 600M의 3층 건물이었다. 평화시장은 건물은 1층은 상점으로 의류를 판매하고, 건물의 2~3층은 봉제공장으로 주문받은 의류를 곧바로 생산하는 시스템을 도입하였다. 이를 통해 평화시장은 기성복 시장의 중심이 된다.

1956년 11월 29일 서울 소공동 반도호텔에서는 한국 최초로 패션쇼가 열렸다. 한국의 유명 여배우들이 모델로 등장한 패션쇼는 유례없이 많은 인기로 인해 성공하였다. 전쟁으로 폐허가 된 상황 속에서도 서구에서 구제품이 유입되어 들어오면서 대중들 사이에선 패션 문화가 형성되어 유행하기 시작했다. 이후 유학을 다녀온 패션디자이너들을 중심으로 국제패션학원들이 생겨나고 그곳에서 다시 패션을 배운 디자이너들이 명동에 하나둘 양장점을 차리면서 한국의 패션 산업은 점차 발전해나간다.

그런 한편 1960년대 평화시장의 한 영세한 의류상가에서 일하던 여성노동자는 불법으로 개조된 좁은 다락에서 허리도 펴지 못하고 일하다가 폐렴에 걸려 공장에서 쫓겨나거나 지속적인 저임금에 노동력을 착취당한다. 심지어는 허리를 펴지 못하고 일해서 불구가 된 사례도 있다. 한국 패션 산업이 발전할수록 그 배후에서 일하던 여성노동자들은 폐렴이라는 병에 걸려 쫓겨나거나 죽음을 당해야만 하는 아이러니한 현실을 어떻게 이해하여야 할까?

1970년 11월 13일 평화시장에서 일하던 재봉사였던 한 청년이 분신자살을 시도하였다. 노동자의 권리인 근로기준법을 제대로 관리 감독하지 못하는 현실을 고발하던 청년 전태일은 몸에 석유를 붓고 "근로기준법을 준수하라! 우리는 기계가 아니다!"라는 구호를 외치며 저항하다가 세상을 떠난다. 모순된 현실과 아무도 자신들의 목소리에 귀를 기울이지 않는 현실에 그가 오로지 선택할 수 있었던 것은 자기 자신의 신체를 훼손하는 것밖에 없었다. 바로 이러한 참담함이 당시 현실의 부조리를 고발한다.

1968년 청계천 평화시장 풍경
(출처: 서울역사아카이브)

전태일의 죽음 이후 정부는 근로기준법 준수에 여부에 대한 단속을 강화하였다. 대부분 영세한 업체였던 봉제공장들은 정부의 안전점검과 근로기준법 준수 여부에 대한 단속을 피해 창신동 일대로 공장들을 이전

영화 〈아름다운 청년 전태일〉(1995)

하면서부터 창신동은 비로소 단순한 주거 공간이 아닌 봉제거리로 변화해간다.

1967년 시인 신동엽의 시 「종로5가」는 이러한 부조리한 현실에 대한 알레고리가 담겨 있다. 이 작품은 서울로 상경해 동대문이 어디인지를 묻는 소년의 모습으로 시작한다. 초등학교를 겨우 나왔을 것 같은 시골 소년이 비를 맞으며 동대문을 찾아 묻고 사라지는 모습을 뒤돌아보는 시적 화자는 아이의 눈에 내린 밤을 통해 소년의 고단한 운명을 예감한다. 이러한 소년의 운명에 대한 시적 화자의 공감은 연민과 함께 비애의 정서를 유발시킨다.

이슬비 오는 날, / 종로 5가 서시오판 옆에서 / 낯선 소년이 나를 붙들고 동대문을 물었다. // 밤 열한 시 반, / 통금에 쫓기는 군상(群像) 속에서 죄 없이 / 크고 맑기만 한 그 소년의 눈동자와 / 내 도시락 보자기가 비에 젖고 있었다. // 초등학교를 갓 나왔을까. / 새로 사 신은 운동환 벗어 품고

/ 그 소년의 등허리선 먼 길 떠나온 고구마가 / 흙 묻은 얼굴들을 맞부비며 저희끼리 비에 젖고 있었다. // 충청북도 보은 속리산, 아니면 // 전라남도 해남 땅 어촌(漁村) 말씨였을까. / 나는 가로수 하나를 걷다 되돌아섰다. / 그러나 노동자의 홍수 속에 묻혀 그 소년은 보이지 않았다. // 그렇지. / 눈녹이 바람이 부는 질척질한 겨울날, / 종묘(宗廟) 담을 끼고 돌다가 나는 보았어. / 그의 누나 였을까. / 부은 한쪽 눈의 창녀가 양지쪽 기대앉아 / 속내의 바람으로, 때 묻은 긴 편지를 읽고 있었지. // 그리고 언젠가 보았어. / 세종로 고층 건물 공사장, / 자갈지게 등짐하던 노동자 하나이 / 허리를 다쳐 쓰려져 있었지. / 그 소년의 아버지였을까. / 반도의 하늘 높이서 태양이 쏟아지고, / 싸늘한 땀방울 뿜어낸 이마엔 세 줄기 강물. / 대륙의 섬나라의 / 그리고 또 오늘 저 새로운 은행국(銀行國)의 / 물결이 뒹굴고 있었다. / 남은 것은 없었다. / 나날이 허물어져 가는 그나마 토방 한 칸 / 봄이면 쑥, 여름이면 나무뿌리, 가을이면 타작마당을 휩쓰는 빈 바람 / 변한 것은 없었다. / 이조 오백 년은 끝나지 않았다 // 옛날 같으면 북간도라도 갔지 / 기껏해야 버스길 삼백리 서울로 왔지 / 고층건물 침대 속 누워 비료광고만 뿌리는 거머리 마을, / 또 무슨 넉살 꾸미기 위해 짓는지도 모를 빌딩 공사장 / 도시락 차고 왔지 // 이슬비 오는 날, / 낯선 소년이 나를 붙들고 동대문을 물었다 / 그 소년의 죄 없이 크고 맑기만 한 눈동자엔 밤이 내리고 / 노동으로 지친 나의 가슴에선 도시락 보자기가 / 비에 젖고 있었다.[4]

시적 화자는 시 「종로5가」에서 시적 화자가 동대문이 어디에 있는지 묻는 낯선 소년의 눈동자에서 밤이 내리는 모습을 보며 그의 암울

---

4) 신동엽, 「종로 5가」, 강형철·김윤태 엮음, 『신동엽 시전집』, 창비, 2013, 381~383쪽.

한 미래를 예견하고 있는 모습이 마치 시골에서 올라온 소년의 한 전형으로서 전태일의 운명을 예견하는 것처럼 느껴지기도 한다.

전태일은 1948년 8월 26일 대구시 중구 남산동 출신으로 아버지가 사기를 당해 큰 빚을 지면서 생계가 어려워지자 17살 때 청계천 평화시장 삼일사의 보조원으로 취직해 일을 시작하였고, 1965년 그가 재봉기술을 빠르게 익혀 1966년에는 정식 재봉사가 되었다는 것을 상기하면, 1967년 종로 5가의 거리에서 만난 소년의 비극적인 운명을 비애 어린 시선을 바라보는 시적 화자의 예감은 전태일의 죽음과 함께 현실이 된 것 아닐까.

창신동의 박수근길과 청계천변의 전태일을 떠올리며 길을 걷다가 드디어 1960년대 지어진 고령의 아파트 앞에 섰다. 건물의 입구에서 시작해 지상 6층 높이의 건물인 동대문아파트는 1965년 대한주택공사에 의해 건설되었다. 동대문아파트의 건물 구조는 옥상에 지붕이 없고 아파트 중앙에는 ㅁ자 모양의 중앙정원(이하 '중정')을 두어 아파트 주민들이 서로 교류할 수 있도록 설계되었다는 점일 것이다. 지금의 동대문아파트 중정은 처음 건축을 계획했던 설계사의 의도와 많이 어긋난 것처럼 보이지만 적어도 중정을 두고 주민들 마당을 공유할 수 있도록 계획

2022년 현재 동대문아파트

동대문아파트 중정 내부

했다는 점은 신선하다.

동대문아파트의 구조는 ㄷ자형 가옥의 구조를 닮았다. 일반적인 ㄷ자형의 구조의 가옥에서 마당은 집에서 끊임없이 변화하는 공간에 해당한다. 마당은 비가 내리기도 하고, 눈이 와서 쌓이기도 하며, 햇빛이 비춰서 시간의 변화를 보여주는 공간이다. 즉, 전통 가옥에서 마당은 끊임없이 유동하는 자연이 머무는 공간인 것이다.

그러나 우리가 현대에 살아가는 일반적인 아파트의 경우 마당이라는 개념이 상실되어 있다. 콘크리트 건물을 아래위로 포개어놓는 구조로 되어 있기 때문에 일반적인 아파트 건물은 마당 대신 공간 내부에 거실이 존재한다. 하지만 거실은 마당과 같은 드라마틱한 변화가 없다. 다시 말해 ㄷ자형의 가옥 구조와 달리 아파트는 변화하는 공간으로 마당의 개념이 존재하지 않는다.

하지만 동대문아파트는 ㄷ자형의 가옥 구조는 아니지만 기성의 아파트와 달리 ㅁ자형을 채택해 모두가 어느 위치에서 바라보아도 시선이 중정을 향하도록 설계되어 있다. 왜냐하면 동대문아파트는 변화하는 마당이라는 공간적 개념을 품고 있기 때문이다.

앞서 동대문아파트에는 지붕이 없다고 언급한 바 있다. 왜 동대문아파트에는 지붕이 없는지 마당이란 개념과 관련시켜 생각하면 바로 답이 나온다. 동대문아파트에서 마당처럼 시간과 함께 끊임없이 변화는 공간이 바로 중정의 허공에 떠 있기 때문이다. 중정에서 바라본 하늘은 끊임없이 그 색이 변화할 것이고 밤에는 별이 되어 떨어질 것이며 비

중정에서 바라본 하늘

가 내리면 그 비의 변화가 아파트 내부로 흘러들어갈 것이다. 바로 동대문아파트의 중정은 마당 개념을 지니고 있다는 점에서 기성의 아파트들과 구분된다.

동대문아파트 중정의 내부 사진을 보면 그 내부에 잔뜩 물건들이 밖에 쌓여 있는 것을 볼 수 있다. 이렇게 물건들이 밖에 쌓이는 것이야말로 사실 동대문아파트에 마당이라는 개념이 존재한다는 것을 잘 보여주는 것이다.

시골에 있는 할아버지와 할머니 집에 놀라갔던 기억들을 꺼내보자. 마당에 무엇이 있는가? 바로 할머니가 공을 들여서 담가놓은 무수히 많은 장들이 장독대에서 발효되고 있던 기억들을 떠올려 볼 수 있다. 마당은 그렇게 물건들을 쌓아두고 들여서 집에 필요한 무엇인가를

마당에 쌓여 있는 물건들

만들거나 제조하는 실용적인 공간이기도 하다.

우리가 현재 살아가는 아파트를 떠올려보자. 애초에 문밖에 무엇을 내놓고 쌓아두는 것이 가능할까? 일반적으로 아파트들은 복도식으로 지어지기 마련인데 그 복도에 자기 물건을 내놓는다면 아마도 옆집에서 초인종 벨을 누르며 찾아올 것이다. 이처럼 동대문아파트의 중정 구조는 한국 아파트들에서 보기 힘든 독특한 형태로 동대문아파트만의 정체성을 드러내는 특징이다.

또한 동대문아파트는 중정을 가로지를 수 있는 U자형 복도 구조로 되어 있어서 얼마든지 종횡으로 아파트 내부를 이동할 수 있으며 일자형의 복도식 구조의 아파트들에 비하여 보다 입체적이라는 느낌을 준다. 아파트 구성원끼리 복도에서 자주 만날 수 있도록 구조화되어

일자형 복도가 아닌 U자형 구조

있으며 중앙의 복도가 각 층의 거주민들에게 중정의 마당처럼 사용되고 있음을 확인할 수 있다.

그리고 동대문아파트의 계단 길목을 보면 위층과 아래층 사이에 전방과 측면이 뚫려 있는 공간이 존재한다는 것을 확인할 수 있다. 왜 그럴까? 아파트 공간이 밖으로 열려 개방되어 있는 설계는 중정 구조가 자칫 지닐 수 있는 답답함을 의도적으로 보완하고 있는 설계라고 이해할 수 있다. 동대문아파트가 ㅁ자형의 구조로 건축되었고 그로 인해 지붕 없이 옥상이 뚫려 있지만 역시 안에서 보면 아파트가 답답하다는 인상을 줄 수 있다.

하지만 계단을 개방적으로 설계함으로써 계단을 오르내리는 사이 시야가 전방과 좌우로 환하게 뚫려 있는 풍경들을 바라볼 수 있도록 함으로써 시원한 개방감을 느끼게 해준다. 즉, 동대문아파트의 중정은 거주민들이 함께 공유하고 계단의 길목마다 안에서 밖을 바라볼 수 있도록 개방함으로써 자칫 답답할 수 있는 아파트의 구조를 보완하고 있다. 이처럼 기성

동대문아파트 내부 계단

의 아파트와 다른 독특한 중정 구조를 지닌 동대문아파트는 현재 서울문화유산으로 지정되어 있으며, 모 기업의 후원으로 리모델링되어 아파트의 겉모습이 과거와 달라진 것을 확인할 수 있다.

동대문아파트를 빠져나와 박수근길을 따라 다산교를 지나서 청계천변을 걸었다. 다산교 아래 지금의 청계천은 그늘이 져서 더위에 지친 시민들에게 한적한 휴식처가 되고 있었다. 1930년대 청계천변은 조선인들이 주로 거주하던 공간으로 당시 경성은 일제의 도심부 재개

발 정책에 따라 홍수 피해를 입은 도심 재정비 사업을 진행하고 있었다. 정비가 비교적 잘 된 한강 이남 지역은 일본인들이 거주한 반면 정비 사업이 잘 되지 않은 한강 이북 지역은 조선 사람들이 거주하게 되었다. 그 중에서 청계천변은 일제의 도시정책에 의해 도심의 외곽으로 밀려난 하층의 조선인들이 살아가던 공간이다.[5]

이러한 청계천변의 풍경을 다룬 소설이 바로 구보 박태원의 『천변풍경』(1936)이다. 이 소설에서 묘사되고 있는 청계천변에는 빨래터, 이발소, 카페, 한약국, 술집 등등의 공간들이 서로 가까이 자리하고 있다. 특히 청계천변의 빨래터는 여성들이 바람을 피우는 남자들의 숨겨진 정보를 공유하거나, 어느 부잣집의 몰락에 대한 이야기를 주고

1930년대 광교 청계천변 빨래터
(출처: 조선일보)

받으며 자기 삶의 몰락에 대한 예감으로 내면의 불안을 드러내는 공간이기도 하다. 즉 청계천변은 식민지 조선인들이 품고 있던 불안이 유동하는 공간이었다.

정이월에 대독 터진다는 말이 있다. 딴은, 간간이 부는 천변 바람이 제법 쌀쌀하기는 하다. 그래도 이곳, 빨래터에는, 대낮에 볕도 잘 들어, 물속에 잠근 빨래꾼들의 손도 과히들 시리지는 않은 모양이다. (…중략…)

---

5) 엄숙희, 「박태원의 『천변풍경』 속 '소문'으로 읽는 근대의 풍경」, 『국어문학』 61, 국어국문학회, 2016, 220쪽.

그보다는 한 십 년이나 젊은 듯, 갓 서른이나 그밖에는 더 안 되어 보이는 한약국 집 귀돌어멈이 빨랫돌 위에 놓인 자회색 바지를 기운차게 방망이로 두드리며 되물었다. 왼편 목에 연주창 앓은 자국이 있는 그는, 언제고, 고개를 약간 왼편으로 갸우뚱한다. (…중략…)

요사스러운 종이 울리며 자전거가 지나간다. 인력거가 지나간다. 그러나, 이곳, 천변 길에 노는 아이들은 그러한 것에 결코 놀라지 않는다.

"글세 골목 안으루들 들어가 놀어라, 난, 그저, 가슴이 늘 선뜩선뜩 허는구나."

이맛살을 찌푸리고 소리를 질러 일러도 듣지 않는 아이들을 못 마땅하게 둘러보다가,

"참 저건, 밤낮 애두 잘 봐."

점룡이 어머니가 하는 말에 그 편을 돌아보고,

"잘 보지 않으면 그럼 어째? 매부집에 와서 얻어먹구 있으려니, 그저 그럴 밖에……"6)

일제강점기 경성의 도심으로부터 밀려나 청계천변에 거주하며 살아갈 수밖에 없었던 조선인들의 삶을 지금의 나는 짐작할 수 없다. 그럼에도 청계천은 과거의 시간을 품고 여전히 말없이 흐르고 있다. 청계천변을 걸으며 이곳에서 빨래를 하던 아낙들의 모습을 상상해본다. 과거 청계천변은 일제의 도시정책에 의해 밀려난 조선인들이 살아가던 생존의 공간이라면 오늘날의 청계천변은 시민들의 여가와 휴식 공간으로 자리하고 있다. 지금의 청계천에서 과거의 모습을 더 이상 찾아볼 수 없으니 시간이란 얼마나 무서운가.

6) 박태원, 『천변풍경』, 문학과지성사, 2005, 9~11쪽.

청계천변 다산교 아래 휴식처

잉어들을 구경하며 청계천을 따라 걷다보니 어느새 서울 종로 6가에 위치한 흥인지문興仁之門에 도착하였다. 흥인지문은 서울 도성 8문중의 하나로 도성의 정동 쪽에 위치한 성문으로 우리가 흔히 말하는 동대문이다. 과거 서울에 거주할 때 대학교를 오가며 동대문 주변을 자주 지나가고는 했지만 한양도성 공원을 산책한 경험은 없었다. 그래서 이번 기회에 청계천을 따라 걸으며 한양도성 공원까지 방문하였다.

원래 도성都城은 산성山城과 달리 전란을 대비해 쌓은 성곽이 아니다. 산성이 도적의 침입을 막기 위해 산이 많은 우리나라의 지형을 고려해 쌓은 성곽이라면, 도성은 수도의 품위를 위해 두른 담장을 뜻한다. 그러나 한양도성은 임진왜란과 병자호란을 겪으면서 숙종대에 이르러 전란에 대비해 북한산성, 남한산성, 탕춘대성과 함께 수도 방어체

한양도성공원 성곽

제의 하나가 되었다.[7]

　가까이에서 살펴본 도성의 성곽은 생각보다 낮고 군데군데 구멍이
뚫려 있었다. 아마도 작게 뚫려 있는 구멍으로 수문장들은 한양을
향해 다가오는 성벽 밖의 적들을 관찰하지 않았을까? 잘 정비된 성곽
의 산책로를 따라 작은 언덕의 꼭대기에서 걸으며 동대문을 바라보자
그 주변 풍경 환하게 눈에 들어왔다. 과거와 현재의 시간이 뒤섞인
것만 같은 묘한 풍경이 신기하기만 하다. 동대문과 한양도성의 성곽
이 보여주는 과거와 종로를 수놓고 있는 현대적 건물들 사이의 시간
적 격차가 실감으로 다가왔다.

　7) 유홍준, 『나의 문화유산답사기』, 창비, 2017, 47~54쪽 참조.

한양도성 공원 산책을 끝으로 창신동과 동대문아파트 답사를 무사히 마칠 수 있었다. 동묘에서 시작해 청계천을 따라 종로의 다양한 장소들을 방문하면서 이번 답사는 창신동을 중심으로 활동했던 예술가들의 흔적들을 만나볼 수 있는 좋은 기회였다. 여전히 서울은 생각보다 아직도 많은 역사적 장소들이 숨어 있는 것 같다. 그 장소들에는 끝없이 이어지는 흥미로운 역사적인 사건들과 다양한 예술가들이 남겨놓은 흔적이 담겨 있을 것이다. 언젠가 다시 서울의 숨겨진 장소들을 찾아 그 의미를 되새길 수 있는 기회가 있지 않을까 하는 바람을 가져본다.

청운동의 변천과 청운시민아파트

엄학준(한국소설연구자)

아침 일찍부터 준비를 마치고 지하철에 몸을 실은 나는 광화문에 도착했다. 그리고 답사의 시작과 동시에 광화문 정면에서 사진을 찍었다. 목적지를 생각한다면 경복궁역으로 이동하는 것이 맞겠지만,

광화문

모처럼 온 서울 나들이에서 광화문을 들르지 않는다는 것은 어불성설인 것 같아서 내린 선택이었다.

모두가 알고 있듯이 광화문은 경복궁의 정문에 해당하는 건축물이다. 광화문은 임진왜란 때 소실되었지만 흥선대원군의 경복궁 재건으로 부활했으며, 한국전쟁 시기에 또 한 번 소실되었다가 철근콘크리트 구조로 다시 복원되었다. 대한민국 역사의 굵직한 사건들을 겪었음에도 그 모습을 잃지 않고 어떻게든 그 모습을 유지해온 것이다. 이번 답사의 목적인 청운시민아파트를 생각하면 여러 부분에서 비교가 되는 것 같았다.

광화문 인근 거리

광화문 앞에서 약 5~10분 정도를 걸어 경복궁역 3번 출구에 도착했다. 원래대로라면 LG전자 앞에서 버스를 타야 할 터였다. 하지만 걸으면서 스마트폰으로 주변을 검색해보았더니 인근에 시인 이상의 집이 있다는 이야기를 찾을 수 있었다. 코앞이라는 생각에 버스를 타는 것도 잊은 채 이상의 집으로 이동했다.

경복궁역 3번 출구에서 길을 건너 2번 출구로 이동했다. 거기서 우리은행 뒤편의 길로 들어가 조금 걸었더니 이상의 집에 도착했다. 작은 크기의 입간판이 있었으나 알아보기가 쉽지 않아 모르고 지나칠 뻔했다.

이상의 집

이상의 집은 이상의 큰아버지인 김연필의 집으로, 이상이 3살부터 약 20여 년간 머물렀던 곳이다. 본래 300평이 넘는 넓은 집이었다고 하는데, 시간이 지나면서 조금씩 땅이 쪼개지고 팔려나갔다고 한다. 그렇게 마지막 남은 집과 터가 철거될 위기에 처하자, 시민 모금과 기업 후원을 통해 2009년에 부지를 사들여 기념관을 조성한 것이다.

이상의 본명은 김해경으로, 1910년 경성부 북부 순화방 반정동(지금의 종로구 사직동)에서 2남 1녀 중 장남으로 태어났다. 3살부터 큰아버지와 함께 살았는데, 이상의 큰아버지는 본처와의 사이에서 자식이 없었기에 이상을 자식처럼 대했다고 한다. 그렇게 20년간 이상의 학업을 도왔으며, 이상은 이에 힘입어 20세에 경성고등공업학교 건축과를 수석으로 졸업하고 조선총독부의 내무국 건축과 기수로 일했다.

이렇듯 본래 이상은 건축학을 전공한 사람이었고 직업도 건축과 관련된 직종이었다. 하지만 이듬해부터 이상은 작가로서 작품 활동을 하기 시작했는데, 이상李箱이라는 필명으로 첫 작품이자 유일한 장편소설인 「12월 12일」(1930)을 연재한 것이다. 이후부터 이상은 건축과 기수라는 직업과 함께 작가로서의 활동을 시작했다. 그때 이상의 나이가 21세였다. 이곳은 그 시기 직후까지, 그러니까 이상이 22세의 나이로 폐결핵에 걸리고 24세에 직업을 그만두기 직전까지 살았던 공간인 것이다.

이상의 작품들

이상의 집의 입장료는 무료였다. 내부로 들어가니 가이드가 반겨주었다. 이상의 집 내부에는 많은 그림과 책들, 그리고 시청각 자료가 있었다. 가이드는 그림과 책들, 그리고 이상이 창작한 작품들을 상세히 소개해주었다.

이상의 작품들은 두꺼운 유리판의 형태로 제작되어 책장에 꽂혀 있었다. 잡지나 신문을 그대로 가져와 두꺼운 유리판으로 코팅해놓은 느낌이었다. 가이드의 말에 따르면 팔만대장경을 모티프로 하여 '아카이브'라는 인상을 주고 싶어서 이렇게 디자인했다고 하는데, 확실히 신선한 느낌을 받았다.

유리판 하나를 빼서 보니 이상이 『조선과 건축』에 연재했던 「오감
도」 일부가 나왔다. 「오감도」는 이상을 대표하는 연작시다. 상당한
난해함을 자랑하는 시인데, 지금까지 「오감도」에 대한 다양한 해석들
을 봐왔지만 난 아직도 「오감도」의 정체를 잘 모르겠다. 가이드는
농담 삼아 "우리 같은 미물들이 어떻게 천재의 세계를 이해할 수 있겠
냐"고 말했다. 분명히 농담이었을 텐데, 어째선지 나는 그 말이 농담처
럼 들리지 않았다.

이상의 흉상

뒤를 돌아보니 이상의 흉상이 있었다. 이상의 집은 2018년 8월에
약 4개월간 보수공사를 진행했는데, 12월에 재개관을 하면서 흉상을
함께 설치했다고 한다. 처음부터 있던 게 아닌 중간에 설치된 흉상이
라서 그랬는지, 이상하게도 흉상은 이 장소와 어울리지 않는, 알 수
없는 이질감이 느껴졌다.

서재 옆으로는 정체불명의 문이 자리하고 있었다. 원래는 2층으로
올라가는 계단이라고 하는데, 2층은 폐쇄되어 있고 대신 조명을 어둡

계단의 입구와 이상의 작품 영상자료

게 하여 이상의 작품을 소개하는 상영관처럼 이용 중이라고 한다.
안으로 들어가 보니 과연 올라가는 계단은 있었으나 2층 자체는 길이
막혀 있었다. 대신 빔프로젝트를 이용하여 영상이 상영되고 있었다.
이상과 이상의 작품들을 간략히 소개해주는 짧은 분량의 영상이었다.

이상의 집은 규모가 작은 편이었기에 내부를 금방 돌아볼 수 있었다.
잠깐 다른 길로 샜지만 다시 원래의 장소로 돌아와 LG전자 앞의 버스
정거장으로 향했다. 1020번, 7022번, 7212번 버스 중 어떤 버스든지
상관없었지만 가장 빨리 왔던 7022번 버스에 생각 없이 몸을 실었다.

버스는 경사로를 쉬지 않고 올라갔다. 북악산과 인왕산 자락이 있
는 방향이다 보니 생각보다 고도가 높았다. 도보로도 30~40분 정도면
갈 수 있는 거리였지만 경사를 생각하면 버스를 탄 것이 옳은 선택이

었다. 버스를 타고 이동하는데 왼쪽으로는 청운초등학교와 경복고등학교가, 오른쪽으로는 청와대가 보였다.

청운초등학교와 경복고등학교, 그리고 청와대는 모두 오랜 역사를 자랑하는 건물들이다. 일제강점기에 지어진 건물들로, 약 100년 가까이 이 자리를 지키고 있었다는 점에서 청운동이라는 동네의 역사를 증명하는 곳들이기도 하다.

청운동은 과거에 청풍계淸風溪라고 불리었다. 계곡물이 맑고 바람이 맑아서 붙여진 이름이라고 한다. 원래는 단풍나무가 많아서 푸른 단풍나무가 있는 계곡이라는 의미의 청풍계靑楓溪였다고 하는데, 조선 시대의 문관 김상용金尙容이 집을 짓고 살기 시작하면서부터 청풍계淸風溪가 되었다고 한다.[1] 언제부터 청풍계라고 불리었는지는 알 수 없으나, 김상용이 병자호란 시기에 순절한 문관이라는 점과 조선 후기의 화가 정선이 이 지역을 보고 〈청풍계〉라는 그림을 남긴 것을 보아 적어도 조선시대부터는 사용되었던 지명으로 보인다.

정선의 그림 〈청풍계〉

청풍계는 일제강점기에 접어들며 일본식 동洞 이름으로 개명을 거쳐 '청풍계'와 '백운동'을 합친 청운동이 되었다고 한다.[2] 이런 공간이 일제에 의해 아름다운 이름을 빼앗기고

---

1) 「近郊山岳史話 仁旺山(2)」, 『조선일보』, 1935.09.19, 4면.

밋밋한 일본식 동으로 개명되었다는 사실이 놀랍고도 안타깝기 그지
없다.

버스를 타며 빠르게 지나쳐간 풍경이었지만, 실제로 청운동은 청풍
계라는 단어가 어울리는 곳이었다. 그 영향인지 예부터 고관대작이나
유명인들이 다수 거주했다는 것 같다. 과거에 '친가가 청풍, 외가가
동촌이라고 하면 모두가 벌벌 기었다'는 말이 있었을 정도로 청풍계
는 그 영향력이 컸다.[3] 현대 그룹의 전 회장이었던 정주영이 생전에
살았던 곳도 청운동이었으니 그 위상을 짐작해볼 수 있겠다.[4]

버스의 창문 밖으로 청와대와 경복고등학교가 빠르게 사라지고,
시간이 흘러 자하문고개 정거장에서 하차했다. 버스에서 내리자마자
보이는 것은 흉상과 비석들이었다. 청와대를 습격한 공산당과 싸우다
전사한 경찰들을 기리는 기념물이었다. 그 왼쪽으로는 자하문으로
올라가는 길이자 한양도성 순성길이 있었다. 한편으로는 이곳이 청계
천의 발원지임을 알리는 표지석도 보였다. 북악산 정상에서 약 150m
떨어진 지점에 항상 물이 흘러나오는 약수터가 있었다고 하여 이곳을
발원지로 정했다고 한다. 인터넷을 찾아보니 과연 청계천의 옛 명칭
은 청풍계천淸風溪川이었는데 1910년에 청계천으로 개명했다고 한다.[5]
1910년이면 일제강점기이니 아마 청풍계라는 지명이 청운동으로 변
경되며 같이 바뀐 것이리라.

하차했던 그 자리에서 그대로 뒤를 돌아보니 이번 답사의 목적지인
청운공원과 윤동주문학관이 나를 반겨주었다. 아무것도 없는 공원

---

2) 「洞이름 31%가 일본식」, 『조선일보』, 1994.05.15, 24면.
3) 「近世風物夜話 〈29〉 감투병·兩班病(6)」, 『경향신문』, 1974.10.08, 4면.
4) 「洞里散策 ① 淸風溪」, 『조선일보』, 1972.03.15, 7면.
5) 「청계천」, 『조선일보』, 1998.03.19, 27면.

청운공원 입구

입구에 난데없이 문학관이 들어서 있다는 사실이 당황스러웠다. 새하얗고 심플하게 디자인된 건물은 어떤 의미에선 공원 입구와 자연스럽게 어울리는 것 같았다. 마치 공원의 안내소 같았다고나 할까? 찾아보니 '한국 최고의 현대건축' 18위에 선정된 건축물이란다. 일찍 도착했기에 생각보다 여유가 있어 청운공원은 뒤로 미뤄두고 일단 자하문과 윤동주문학관을 먼저 돌아보기로 했다.

자하문紫霞門은 한양도성의 4소문 중 북문에 해당하는 건축물이다. 원래 이름은 창의문彰義門이며, '올바른 의義를 드러내는彰 문門'이라는

창의문

의미로 정도전이 명명했다고 한다. 하지만 우리에게는 창의문보다 자하문으로 더 잘 알려져 있다. 근처에 있는 터널 이름도 자하문터널이고, 애초에 내렸던 버스 정거장 이름조차도 자하문고개였으니.

자하문이라는 이름은 '자핫골'에서 따온 것이다. 고려시대에 개성에서 한양으로 수도를 옮긴 후, 개성의 자하동(紫霞洞)과 닮은 지역이라고 하여 이곳을 자핫골이라 불렀다고 한다. 자하동은 개성에 있는 명승지라고 하는데, 그만큼 이 지역의 경관이 훌륭했음을 말해주는 것이리라. 이 동네는 과거를 찾아보면 찾아볼수록 아름답다는 기록밖에 안 나오는 것 같았다.

윤동주문학관

자하문에서 뒤돌아 내려와 다시 윤동주문학관과 마주했다. 뜬금없는 위치에 건물 하나가 덩그러니 있어 이질감을 드러내는 것 같았지만 의외로 공원과 잘 어울리는 분위기의 건물이었다. 하지만 어째서 윤동주문학관이 여기에 있는 것일까?

윤동주는 1917년 만주에서 태어났다. 따라서 적어도 윤동주가 태어났거나 유년기를 보낸 곳이 청운동인 것은 아니다. 다만 윤동주는 연희전문학교를 다니던 시절에 누상동에서 소설가 김송의 집에 얹혀 살았다고 한다. 이때의 인연으로 청운동에 문학관을 지었다고 하는데, 솔직히 누상동은 청운동과 약간 거리가 있어 여기에 문학관을 지었다는 사실이 다소 뜬금없게 느껴진다.

　여담으로 이 시절 윤동주와 함께 김송의 집에 얹혀살았던 인물이
바로 윤동주의 후배이자 국문학자인 정병욱이다. 정병욱은 윤동주의
유고를 전남 광양에 있던 자신의 생가에 숨겨놓았었는데, 그 덕분에
윤동주의 시가 현재까지 남아 있을 수 있었다고 한다. 인연이란 참으
로 알 수 없는 것이다.

윤동주문학관 팸플릿

　윤동주문학관에 입장했다. 입장료는 무료였다. 윤동주문학관 내부
는 사진 촬영이 금지되어 있어 사진은 찍을 수 없었다. 하지만 윤동주
와 관련된 많은 자료들이 있었다. 작은 규모의 문학관이었지만 무료
팸플릿이 구비되어 있었으며 가이드가 상주하고 있어 무료로 안내를
받을 수 있었다. 아쉽게도 전시된 자료의 대부분은 영인본이었는데,
영인본임에도 높은 가치를 지닌 것들이 많았다.

　가장 인상적이었던 전시물은 바로 우물이었다. 목재로 만들어진
우물이라 상당히 특이하게 느껴졌는데, 윤동주가 만주에서 살던 시절
이용하던 우물이라고 한다. 그 우물을 여러 차례에 걸쳐서 옮겨 한국

까지 가져와 복원해놓은 것이라는데, 우물에 대해 소개해준 가이드는 "솔직히 저 우물이 그렇게까지 고생해서 가져왔어야 할 물건이었을까"라고 말했다. 하지만 찾아보니 윤동주의 시 「자화상」(1939)에서 등장하던 '우물'이 이 우물이라는 이야기가 있었다.

산모퉁이를 돌아 논가 외딴 우물을 홀로 찾아가선 가만히 들여다봅니다.

우물 속에는 달이 밝고 구름이 흐르고 하늘이 펼치고 파아란 바람이 불고 가을이 있읍니다.

그리고 한 사나이가 있읍니다.
어쩐지 그 사나이가 미워져 돌아갑니다.

돌아가다 생각하니 그 사나이가 가엾어집니다.
도로 가 들여다보니 사나이는 그대로 있읍니다.

다시 그 사나이가 미워져 돌아갑니다.
돌아가다 생각하니 그 사나이가 그리워집니다.

우물 속에는 달이 밝고 구름이 흐르고 하늘이 펼치고 파아란 바람이 불고 가을이 있고 추억처럼 사나이가 있읍니다.6)

윤동주의 시 「자화상」은 1939년 연희전문학교 교지였던 『문우』에서

---

6) 윤동주, 「자화상」, 『자화상』, 청목사, 1992, 12~13쪽.

발표한 윤동주의 대표작 중 하나로, 1948년 유고시집인 『하늘과 바람과 별과 시』에 실리기도 했다. 이 시는 작가인 윤동주가 소년에서 성인으로 성장해가며 변화해 가는 내면의 모습을 다루고 있다. 여기서 윤동주가 보이는 내면은 자기연민과 비극적 현실에 대한 좌절이다.

「자화상」에서 윤동주는 세 차례에 걸쳐 우물을 들여다본다. 그리고 우물을 통해 바라본 자기 자신의 모습은 각각 '미움'과 '가엾음', 그리고 '그리움'이다. 윤동주의 생애와 당시의 시대상을 고려한다면 자기 자신을 이렇게 평가하게 만드는 원인이 무엇일지는 말을 하지 않아도 쉽게 알 수 있을 것이다. 이렇듯 자기 자신에 대한 인식의 변화를 보여주는 요소가 바로 '우물'이다. 그리고 그 우물이 바로 윤동주문학관에 전시되어 있는 우물이라는 것이다. 그 말이 사실이라면 이 우물은 우리가 생각하는 것보다 훨씬 더 귀중한 가치를 지닌 게 아니었을까.

윤동주문학관 건물은 과거에 수도가압장으로 이용하던 콘크리트 건축물이었다고 한다. 이를 개조하여 2012년에 개관한 것이 바로 윤동주문학관이다. 그래서인지 문학관 건물 자체를 3개의 전시실로 나누어 그중 2곳을 각각 '닫힌 우물'과 '열린 우물'이라고 명명해놓았다. 윤동주가 신세졌다는 김송의 누상동 집과는 거리가 제법 있어 왜 여기에 문학관을 지었을지 궁금했는데 '우물'에서 약간이나마 연결고리를 찾을 수 있었다.

문학관 자체는 크기가 작아 오랜 시간 있기엔 어려운 곳이었다. 정기적으로 상영해주는 동영상을 시청했음에도 30분 정도밖에 있지 못했다. 아쉬운 마음과 함께 문학관을 나와 본격적으로 청운공원에 들어섰다. 약간의 오르막길을 걸어올라가니 공원의 형상을 한 무언가가 보였다. 하지만 어디서부터 어디까지가 청운공원인지조차 알지 못할 정도로 청운공원은 애매모호했다. 인왕산과 가까워서 그런지

곳곳에 인왕산과 관련된 팻말이 너무 많았으며, 정작 현 위치가 청운공원임을 알려주는 종류의 팻말은 찾아보기 어려웠던 것이 그 이유였다.

청운공원

청운공원은 원래 청운시민아파트가 있던 산자락이었다. 일자리를 찾아 서울로 몰려온 사람들에 의해 과거의 서울은 불법적으로 지어진 건축물들이 많았다. 서울시에선 당연히 이를 철거하고 싶었지만, 무작정 철거를 해버렸다간 원주민들이 길거리에 나앉게 될 것이었다. 이에 대한 대안으로 나온 것이 바로 집단 이주와 시민아파트 건설이었다. 하지만 집단 이주의 결과는 윤흥길의 소설 「아홉 켤레의 구두로 남은 사내」에서도 알 수 있듯이 광주대단지사건이었다는 점에서 실패한 사업이었다. 그렇다면 시민아파트 사업은 어땠을까?

광주대단지사건과 마찬가지로 시민아파트 사업 또한 큰 실패를 거두었다. 1960년대 후반, 당시의 서울시장은 시민아파트 사업을 시작하며 많은 수의 아파트들을 건설했다. 하지만 이렇게 지어진 아파트들은 모두 졸속으로 지어진 건물들이었기에 너무 많은 문제들을 안고 있었다. 결국 1970년에는 준공된 지 4개월밖에 되지 않았던 신축 아파

영화 〈복수는 나의 것〉에서 등장하는 청운시민아파트

트가 붕괴해버리는 사건이 벌어지고, 이를 계기로 시민아파트들은 순차적으로 철거되었다.

청운공원이 있던 자리 또한 시민아파트가 있던 곳이었다. 대부분의 시민아파트는 땅값이 저렴한 산자락에 지어졌는데, 청운시민아파트 도 그러했다. 물론 청운시민아파트는 다른 시민아파트들처럼 여러 가지로 미달되는 부분들이 많았다. 우선 상하수도 설비가 제대로 마련되어 있지 않아 일부 건물들은 수압이 약해 물이 제대로 나오지 않았다고 한다. 거기에 주변이 산이다 보니 비가 많이 오는 날에는 토사물이 밀려오기도 했고, 제대로 된 배수로도 없어서 폭우가 쏟아지는 날에는 아파트가 침수되어 피난을 가야 했다고 한다. 고지대 그것도 아파트이기까지 하면서 홍수 피해를 겪었다니, 이해가 되지 않을 정도로 잘못된 아파트였다.

결국 청운시민아파트는 2005년부터 철거에 들어가 2006년 완전히 사라졌다. 그 후 철거된 자리를 공원으로 만들었고, 그렇게 만들어진 공원이 바로 청운공원이다. 청운공원은 놀이터나 운동기구가 있는 그런 종류의 공원이 아닌 산책로에 가까웠다. 그래서인지 간혹 조형물은 있었지만 특색이라고 할 만한 것은 없었다. 오로지 자연경관에 의존하는 그런 산책로에 가까웠다고 할까? 가장 신기했던 것은 아파트 단지가 있던 곳이라고 하기엔 공원 부지가 생각보다 많이 작다는 것이었다. 이렇게 좁은 곳에 아파트 단지를 만들었었다는 사실이 놀라웠다.

　조금 더 걸어 올라가니 인왕산으로 이어지는 길과 윤동주 시인의 언덕이 있었다. 청운공원의 제일 높은 지점을 윤동주 시인의 언덕이라는 이름을 붙여 기념물과 함께 조성해놓은 곳이었다. 등산을 할 생각은 없었으니 바로 윤동주 시인의 언덕으로 향했다.

윤동주 시인의 언덕과 기념물들

　윤동주 시인의 언덕에는 윤동주를 기리는 기념물들이 몇 개 있었으나 그중 가장 눈에 띄는 것은 바로 「서시」를 새겨놓은 비석이었다. 비석의 뒤편으로는 서울이 내려다보이는 멋진 경치가 함께했다. 윤동주문학관에서 소개해준 내용에 따르면 윤동주는 매일 인왕산을 올랐다고 한다. 그렇다면 윤동주도 생전에 이곳에 한 번쯤은 들러보지 않았을까 하는 생각이 머리를 스쳤다. 거기에 이상도 이 근처에서 살았던 거니 분명 이 근처에 와본 적이 있었을 것이리라.

　조금 더 기슭으로 들어가 보니 영화 속 장면과 흡사한 곳이 나타났다. 박찬욱 감독의 영화 〈복수는 나의 것〉(2002)에서 등장한 장면 말이

영화 〈복수는 나의 것〉의 한 장면

청운공원에서 촬영한 주변 경관

다. 위의 사진은 영화 〈복수는 나의 것〉의 한 장면과 실제 청운공원에
서 바라본 서울의 전경이다. 주인공인 류와 류의 누나는 낡고 허름한
아파트에 거주하는 것으로 나온다. 이 아파트는 제대로 된 거주공간
의 기능도 하지 못하는지 이웃집의 소음이 제대로 차단되지 않아 여
러 애로사항을 불러일으킨다.

류와 영미는 지병을 가진 류의 누나를 구하기 위해 아이를 납치하여
수술비를 마련하고자 한다. 이때 영미가 아이와 함께 놀며 공원에서

고무줄놀이를 하는 장면이 나오는데, 그 장면에서 함께 등장하는 배경이 바로 위의 사진이다. 이 장면은 청운시민아파트에서 촬영되었다.

사진 속에 보이는 파란색 지붕의 건물은 경복고등학교다. 거기서 더 멀리 보이는 건물은 청와대다. 그때의 그 장면 속 풍경이 아직까지 남아 있다니 놀라웠다. 풍경이 너무 아름다워 사진을 찍으면서도 계속 감동을 받았다. 한편으로는 의문이 들기도 했다. 박찬욱 감독은 어째서 영화의 배경으로 청운시민아파트를 선택한 것일까? 허름한 아파트는 많았을 텐데 왜 굳이 청운시민아파트였을까?

청운동은 예부터 고관대작들이 많이 살았기에 다양한 사건·사고가 계속해서 발생했었다. 일제강점기의 신문기사들을 읽어보면 부자들을 노린 강도나 방화 등이 자주 있었다는 사실을 알 수 있다. 또한 자신의 처지를 비관하며 목을 매달고 자살하는 사람들도 제법 있었는데, 그런 점에서 청운동은 예부터 부富와 빈貧이 공존하는, 빈부격차가 있던 동네가 아니었을까 한다. 그렇다면 돈 때문에 부잣집의 아이를 유괴해야 했던 류의 처지는 청운동과 정말 잘 어울리는 상황이었으리라.

영화 〈복수는 나의 것〉에서 등장하는 류의 아파트

〈복수는 나의 것〉에서 등장하는 류의 아파트는 낡고 허름하다. 류의 거짓말에 속아 류의 아파트에 온 유선은 "아빠 후배가 왜 이렇게 가난해요?"(31:15~31:19)라고 말할 정도였다. 영화 속에서 등장하는 아파트를 보자. 겉으로 봐도 낡았다는 생각이 드는 곳이다. 주변 경관과는 전혀 어울리지 않는, 오히려 주변의 미관을 해치는 흉물에 가깝다. 이렇게 아름다워 과거부터 청풍계로 불리었던 동네에 이런 건물이 있었을 줄이야.

청운시민아파트와 관련된 신문기사를 찾아보니 입주민들이 살면서 겪었던 이런저런 이야기들이 보였다. 그중 인상적이었던 건 피난경보가 내렸었다는 기사였다. 1970년 기사였다. 호우주의보가 발령된 상황에서 청운시민아파트에 대피 지시가 떨어졌는데, 입주민들은 갈 곳이 없다는 이유로 대피를 거부했다고 한다.7) 생명이 위험한 상황이었지만, 대피를 하지 않았던 것이 아니라 대피를 하면 그동안 지낼 곳이 없었던 것이다.

청운공원 내부

---

7) 「갈곳없어移住못해 「淸雲」에대피지시」, 『매일경제』, 1970.04.18, 7면.

이 기사에서는 청운시민아파트의 특징이 그대로 드러나고 있다. 다른 시민아파트들에 비하면 청운시민아파트는 상대적으로 시설이 잘되어 있었다. 그럼에도 비가 많이 오는 날에는 홍수 피해를 겪었을 정도로 열악했던 것이다. 거주하고 있던 입주민들의 형편이 어땠을지 짐작이 간다.

해당 기사의 바로 전날 신문기사에서도 청운시민아파트의 문제점이 드러난다. 건물 기둥에 금이 가서 입주민들에게 대피를 지시했지만, 마찬가지로 입주민들이 거부했다는 것이다.[8] 불과 열흘 남짓 전에 와우아파트가 붕괴했었는데도 말이다. 결국 이 아파트에서 거주하던 입주민들은 생명을 담보로 살고 있었던 것이다.

청운시민아파트는 안전이 보장되지 못한다는 점에서 거주공간으로서의 기능이 없었다고 봐도 무방하다. 그런데도 청운시민아파트는 많은 인기를 끌었다. 1972년 신문기사에 따르면 청운시민아파트는 방이 2개 있는 9평짜리 아파트였고, 전세는 40~50만 원 정도였다. 내장 공사가 잘 된 집은 60만 원까지도 되었다고 하는데, 전세는 내놓을 새 없이 잘나갔다고 한다.[9]

이런 형편없는 아파트조차도 수요는 있었다. 아마 대부분이 가난한 사람들이었을 것이다. 〈복수는 나의 것〉의 주인공 류처럼 말이다. 이렇게 아름다운 경관을 가진 빈촌이라니. 너무나 이질적이고 너무도 기괴했다. 이 언덕에서 남쪽으로 조금만 내려가면 청와대가 있고 경복궁이 있다. 그리고 부촌이 있다. 반대 방향인 북쪽으로만 가도 부암동이 있다. 어딜 봐도 빈촌이라는 느낌은 들지 않는다. 애초에 이 자연

---

8) 「기둥에 금가 待避」, 『조선일보』, 1970.04.17, 7면.
9) 「아파트 傳貰」, 『경향신문』, 1972.05.27, 6면.

청운공원에서 바라본 부암동 인근

경관 때문에 부자들이 이 인근으로 모여들었을 터였다. 그런데 정작
청운공원이 있던 곳은 빈촌이었다고 생각하니 이질적이었다.

　공원을 한 바퀴 돌아보니 여러 생각이 머릿속에 맴돌았다. 가장
크게 드는 생각은 영화 속 주인공인 류가 누나와 함께 아파트 인근을
걷는 모습, 이상이 이 근처를 배회하는 모습, 그리고 윤동주가 인왕산
을 오르는 모습이었다. 이들이 언덕을 오르는 모습에 나를 대입시켜
보았다. 빈貧과 부富가 모여 있던 이 아름다운 청운동, 언덕을 오르는
이상과 윤동주, 류, 그리고 나. 나는 어떤 목적으로 이 언덕을 올라왔
었나. 나의 모습은 빈貧이었을까, 아니면 부富였을까.

제 4 부

호러영화에 등장하는 아파트 지도

일러두기

- 본 지도자료는 '제1부 호러영화 속의 아파트 역사'의 '2장 아파트가 등장하는 공포영화 목록' 을 기준으로 작성하였다.
- 아파트가 위치한 지점에 번호로 표시를 하고 별도의 표를 이용해 해당 아파트의 상세정보를 표기해주었다.
- 건축법상 오피스텔에 해당하지만, 아파트에 가까운 형태이고 몇몇 정보들에선 아파트로 분류 되는 경우 예외적으로 목록에 추가하였다. 이 경우, 표의 비고를 통해 해당 장소가 오피스텔임 을 제시해주었다.
- 번호는 아파트의 준공시기를 기준으로 매겼으며, 준공시기를 알지 못하는 아파트의 경우 후미에 이름순으로 나열하였다.
- 상세주소를 알 수 없는 아파트는 지도에 표시하지 않았다.
- 실제 촬영지가 아니더라도 영화 속 배경의 모티프가 된 장소가 있다면 지도에 표시하였다.
- 건축법상 오피스텔에 해당하지만, 아파트에 가까운 형태이고 몇몇 정보들에선 아파트로 분류 되는 경우 예외적으로 지도에 하였다. 이 경우, 비고를 통해 해당 장소가 오피스텔임을 제시해 주었다.
- 영화가 아닌 드라마의 촬영지로 이용된 아파트의 경우 비고에 별도 표기를 해주었다.

호러영화 속 전국 아파트 지도

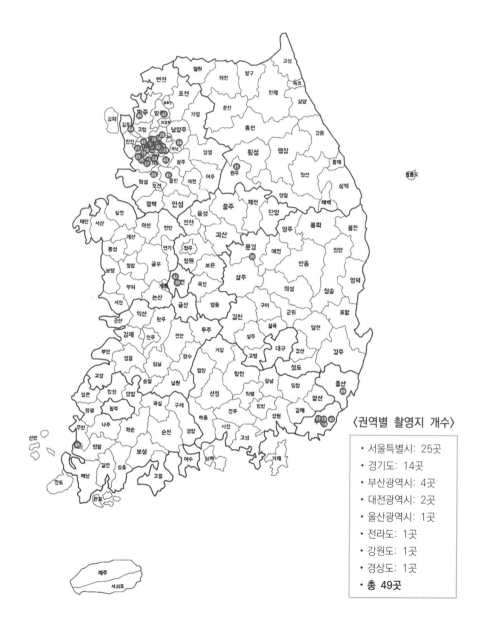

〈권역별 촬영지 개수〉

- 서울특별시: 25곳
- 경기도: 14곳
- 부산광역시: 4곳
- 대전광역시: 2곳
- 울산광역시: 1곳
- 전라도: 1곳
- 강원도: 1곳
- 경상도: 1곳
- **총 49곳**

No.	아파트명(준공시기)	주소	등장 영화(연도)	비고
1	충정아파트 (1938.07.12)	서울특별시 서대문구 충정로 30	〈스위트홈〉(2020)	드라마 촬영지. 충정아파트의 준공시기에 대해서는 많은 추측이 있는데, 여기서는 『조선신문』(1938.07.14) 기사를 근거로 1938년으로 표기함.
2	동대문아파트 (1967.)	서울특별시 종로구 지봉로 25	〈세븐데이즈〉 (2007), 〈숨바꼭질〉(2013)	
3	세운상가아파트 (1968.01.01)	서울특별시 종로구 청계천로 159	〈초능력자〉 (2010)	국내 최초의 주상복합아파트로 알려져 있다.
4	금화시민아파트 (1969.04.21)	서울특별시 서대문구 독립문로 8길 159	〈소름〉(2001)	현재 철거됨.
5	청운시민아파트 (1969.11.)	서울특별시 종로구 청운동 3-55	〈복수는 나의 것〉 (2002)	현재 철거됨.
6	삼일시민아파트 (1969.12.15)	서울특별시 종로구 청계천로 369	〈텔미썸딩〉(1999)	현재 철거되어 거주구역층이 사라지고 상가 층만 남아 있음.
7	회현제2시민아파트 (1970.05.)	서울특별시 중구 퇴계로8길 101	〈친절한 금자씨〉 (2005), 〈추격자〉(2008), 〈사월의 끝〉(2016), 〈스위트홈〉(2020), 〈괴기맨숀〉(2021)	
8	원효아파트 (1970.12.24)	서울특별시 용산구 원효로2가 94-2	〈초능력자〉 (2010)	
9	대림상가아파트 (1971.04.)	서울특별시 중구 을지로 157	〈초능력자〉 (2010)	
10	반포주공아파트 (1973.01.)	서울특별시 서초구 신반포로 32	〈이중간첩〉(2003), 〈6월의 일기〉(2005)	
11	삼익아파트 (1974.10.)	서울특별시 영등포구 국제금융로 109	〈독〉(2009)	
12	서울아파트 (1976.09.)	서울특별시 영등포구 여의나루로 121	〈#살아있다〉(2020)	〈#살아있다〉의 모티프가 된 장소이며, 실제 촬영은 세트장에서 진행되었음.
13	잠실주공5단지아파트 (1978.04.)	서울특별시 송파구 송파대로 567	〈복수는 나의 것〉 (2002)	
14	삼익아파트 (삼익비치타운) (1979.10.)	부산광역시 수영구 광안해변로 100	〈6월의 일기〉(2005)	

No.	아파트명(준공시기)	주소	등장 영화(연도)	비고
15	숭인상가아파트 (1979.10.)	서울특별시 종로구 청계천로 391	〈감시자들〉(2013)	
16	영진아파트(1980.11.)	서울특별시 영등포구 신풍로 87	〈복수는 나의 것〉 (2002)	
17	가락현대1차아파트 (1984.11.)	서울특별시 송파구 동남로 160	〈올드보이〉(2003)	
18	철산주공8단지아파트 (1985.09.23.)	경기도 광명시 모세로 27	〈널 기다리며〉 (2016)	
19	망미주공아파트 (1968.11.)	부산광역시 연제구 토현로 10	〈장미맨션〉(2022)	드라마 촬영지.
20	동신2차아파트 (1988.05.)	경기도 수원시 장안구 정자동 395-3	〈혼자 사는 사람들〉 (2021)	
21	삼익세라믹아파트 (1988.12.24.)	경기도 부천시 소안로 20	〈독〉(2009)	
22	문정시영아파트 (1989.03.)	서울특별시 송파구 송이로31길 56	〈플란다스의 개〉 (2000)	
23	군포주공11단지아파트(산본주공11단지아파트)(1991.08.)	경기도 군포시 산본천로 119-9	〈아내를 죽였다〉 (2019)	
24	샘마을우방아파트 (1992.12.)	경기도 안양시 동안구 흥안대로 249번길 18	〈4인용 식탁〉(2003)	〈4인용 식탁〉에서 마지막에 연이 투신하는 장면이 안양 샘마을우방아파트에서 촬영되었다.
25	동진아파트(1993.03.)	경기도 시흥시 매화로 41	〈불신지옥〉(2009)	
26	쌍용2단지아파트 (1993.10.)	서울특별시 종로구 낙산길 198	〈여의도〉(2010)	
27	한양수리아파트 (1994.07.)	경기도 군포시 수리산로 40	〈4인용 식탁〉(2003)	
28	2차 현대아파트 (1997.07.)	서울특별시 노원구 노원로18길 19	〈4인용 식탁〉(2003)	
29	거여아파트 (1997.11.)	서울특별시 송파구 거여동 290	〈분노의 윤리학〉 (2013)	
30	대동타운아파트 (1997.11.)	경상북도 문경시 매봉4길 15	〈2월 29일: 어느날 갑자기 첫번째 이야기〉(2006)	
31	삼정백조아파트 (1997.12.)	강원도 원주시 흥양로102번길 22	〈F20〉(2021)	
32	동아약수하이츠아파트(1999.07.)	서울특별시 중구 동호로10길 30	〈거미숲〉(2004)	

No.	아파트명(준공시기)	주소	등장 영화(연도)	비고
33	만덕주공아파트 (2001.11.)	부산광역시 북구 만덕1로 25-12	〈이웃사람〉(2012)	
34	건영아파트(2002.05.)	경기도 남양주시 덕소로 286-1	〈폰〉(2002)	
35	성수롯데캐슬파크 (2003.09.)	서울특별시 성동 구 성수일로8길 47	〈퍼즐〉(2018)	
36	대선월드피아 (2004.02.)	경기도 시흥시 매 화로 153	〈도어락〉(2018)	내부는 다른 곳에서 촬영 된 것으로 보이나 찾지 못 함. 대선월드피아는 건축 법상 오피스텔에 해당하 지만, 아파트에 가까운 형 태이고 몇몇 정보들에선 아파트로 분류됨.
37	한강트럼프월드3차 (2004.04.)	서울특별시 용산 구 한강대로 26	〈오로라 공주〉 (2005)	
38	SK북한산시티아파트 (2004.05.)	서울특별시 강북 구 솔샘로 174	〈주홍글씨〉(2004)	
39	시티빌아파트 (2004.07.)	대전광역시 유성 구 봉명동 640-7	〈네번째 층: 어느날 갑자기 두번째 이야기〉(2006)	
40	롯데캐슬마린아파트 (2004.10.)	부산광역시 해운 대구 중동2로34 번길 29	〈오피스〉(2015)	
41	신일유토빌아파트 (2004.12.)	경기도 용인시 기 흥구 어정로 62-7	〈라라 선샤인〉 (2008)	〈라라 선샤인〉의 로케이 션에 '신일유로빌아파트' 라고 나오는데 '신일유토 빌아파트'의 오기로 보여 해당 주소를 기재함.
42	송림아파트(2006.)	대전광역시 유성 구 하기동 송림마 을아파트	〈네번째 층: 어느날 갑자기 두번째 이야기〉(2006)	
43	봇들마을8단지(봇들8 단지휴먼시아) (2009.11.)	경기도 성남시 분 당구 동판교로 153	〈오피스〉(2015)	
44	중흥S클래스아파트 (2012.08.)	경기도 김포시 김 포한강2로 113	〈숨바꼭질〉(2013)	
45	DMC래미안e편한세상 (2012.10.05)	서울특별시 서대 문구 수색로 100	〈부산행〉(2016)	
46	파주휴먼시아2단지 아파트(2015.)	경기도 파주시 파 주읍 파주리 816	〈목격자〉(2018)	일부는 성남시에 있는 아파 트에서 촬영되었다고 함.

No.	아파트명(준공시기)	주소	등장 영화(연도)	비고
47	e편한세상 옥정더퍼스트 (2019.03.)	경기도 양주시 옥정서로1길 60	〈해피니스〉(2021)	드라마 촬영지.
48	달성아파트(불명)	전라남도 목포시 열린길 4	〈반드시 잡는다〉 (2017)	
49	정수아파트(불명)	울산광역시 남구 남산로324번길 16	〈오로라 공주〉 (2005)	〈오로라 공주〉의 로케이션에 '정수아파트'라고만 나와 정확한 주소가 아닐 수 있음.

호러영화 속 서울 아파트 지도

No	아파트명(준공시기)	주소	등장 영화(연도)	비고
1	충정아파트 (1938.07.12)	서울특별시 서대문구 충정로 30	〈스위트홈〉(2020)	드라마 촬영지. 충정아파트의 준공시기에 대해서는 많은 추측이 있는데, 여기서는 『조선신문』(1938.07.14) 기사를 근거로 1938년으로 표기함.
2	동대문아파트 (1967.)	서울특별시 종로구 지봉로 25	〈세븐데이즈〉(2007), 〈숨바꼭질〉(2013)	
3	세운상가아파트 (1968.01.01)	서울특별시 종로구 청계천로 159	〈초능력자〉(2010)	국내 최초의 주상복합 아파트로 알려져 있다.
4	금화시민아파트 (1969.04.21)	서울특별시 서대문구 독립문로8길 159	〈소름〉(2001)	현재 철거됨.
5	청운시민아파트 (1969.11.)	서울특별시 종로구 청운동 3-55	〈복수는 나의 것〉(2002)	현재 철거됨.
6	삼일시민아파트 (1969.12.15)	서울특별시 종로구 청계천로 369	〈텔미썸딩〉(1999)	현재 철거되어 거주구역층이 사라지고 상가 층만 남아 있음.
7	회현제2시민아파트 (1970.05.)	서울특별시 중구 퇴계로8길 101	〈친절한 금자씨〉(2005), 〈추격자〉(2008), 〈사월의 끝〉(2016), 〈스위트홈〉(2020), 〈괴기맨숀〉(2021)	
8	원효아파트 (1970.12.24)	서울특별시 용산구 원효로2가 94-2	〈초능력자〉(2010)	
9	대림상가아파트 (1971.04.)	서울특별시 중구 을지로 157	〈초능력자〉(2010)	
10	반포주공아파트 (1973.01.)	서울특별시 서초구 신반포로 32	〈이중간첩〉(2003), 〈6월의 일기〉(2005)	
11	삼익아파트 (1974.10.)	서울특별시 영등포구 국제금융로 109	〈복수는 나의 것〉(2002)	
12	서울아파트 (1976.09.)	서울특별시 영등포구 여의나루로 121	〈#살아있다〉(2020)	〈#살아있다〉의 모티프가 된 장소이며, 실제 촬영은 세트장에서 진행되었음.
13	잠실주공5단지아파트(1978.04.)	서울특별시 송파구 송파대로 567	〈독〉(2009)	
14	숭인상가아파트 (1979.10.)	서울특별시 종로구 청계천로 391	〈감시자들〉(2013)	

No	아파트명(준공시기)	주소	등장 영화(연도)	비고
15	영진아파트 (1980.11.)	서울특별시 영등 포구 신풍로 87	〈복수는 나의 것〉 (2002)	
16	가락현대1차아파트 (1984.11.)	서울특별시 송파 구 동남로 160	〈올드보이〉(2003)	
17	문정시영아파트 (1989.03.)	서울특별시 송파 구 송이로31길 56	〈플란다스의 개〉 (2000)	
18	쌍용2단지아파트 (1993.10.)	서울특별시 종로 구 낙산길 198	〈여의도〉(2010)	
19	2차 현대아파트 (1997.07.)	서울특별시 노원 구 노원로18길 19	〈4인용 식탁〉(2003)	
20	거여아파트 (1997.11.)	서울특별시 송파 구 거여동 290	〈분노의 윤리학〉 (2013)	
21	동아약수하이츠 아파트(1999.07.)	서울특별시 중구 동호로10길 30	〈거미숲〉(2004)	
22	성수롯데캐슬파크 (2003.09.)	서울특별시 성동 구 성수일로8길 47	〈퍼즐〉(2018)	
23	한강트럼프월드3차 (2004.04.)	서울특별시 용산 구 한강대로 26	〈오로라 공주〉 (2005)	
24	SK북한산시티아파트 (2004.05.)	서울특별시 강북 구 솔샘로 174	〈주홍글씨〉(2004)	
25	DMC래미안e편한세상 (2012.10.05.)	서울특별시 서대 문구 수색로 100	〈부산행〉(2016)	

[필 자]

손종업 문학평론가
임영봉 문학평론가
모희준 SF문학연구자
심우일 영화평론가
김민수 한국소설연구자
이주성 한국소설연구자
이정용 한국소설연구자
엄학준 한국소설연구자

도시서사총서01
한국 호러영화 속의 아파트 기행

ⓒ문학이후연구소, 2022

1판 1쇄 발행__2022년 06월 25일
1판 1쇄 발행__2022년 06월 30일

지은이__손종업·임영봉·모희준·심우일·김민수·이주성·이정용·엄학준
엮은곳__문학이후연구소
펴낸이__양정섭

펴낸곳__경진출판
　　　　등록__제2010-000004호
　　　　이메일__mykyungjin@daum.net
　　　　사업장주소__서울특별시 금천구 시흥대로 57길(시흥동) 영광빌딩 203호
　　　　전화__070-7550-7776 **팩스**__02-806-7282

값 12,000원
ISBN 978-89-5996-999-9 93810